汤姆·斯威夫特和
深海保护罩

【英】维克多·阿普尔顿Ⅱ 文
燕锐锋 等图
刘庆双 等译

江西·南昌
江西科学技术出版社

图书在版编目（CIP）数据

汤姆·斯威夫特和深海保护罩／(英)维克多·阿普尔顿Ⅱ文；燕锐锋等图；刘庆双等译. -- 南昌：江西科学技术出版社，2018.3（2024.1重印）
（汤姆·斯威夫特丛书）
ISBN 978-7-5390-5868-9

Ⅰ.①汤… Ⅱ.①维… ②燕… ③刘… Ⅲ.①儿童故事－英国－现代 Ⅳ.①I561.85

中国版本图书馆CIP数据核字(2017)第046873号

国际互联网(Internet)地址：http://www.jxkjcbs.com
选题序号：KX2016066
责任编辑：饶春垚

汤姆·斯威夫特和深海保护罩
TANGMU SIWEIFUTE HE SHENHAI BAOHUZHAO

〔英〕维克多·阿普尔顿Ⅱ 文；
燕锐锋 等图；刘庆双 等译

出版发行	江西科学技术出版社
社址	南昌市蓼洲街2号附1号
	邮编：330009 电话：（0791）86623491 86639342（传真）
印刷	三河市嵩川印刷有限公司
经销	各地新华书店
开本	700mm×1000mm 1/16
字数	114千字
印张	11
版次	2018年3月第1版 2024年1月第2次印刷
书号	ISBN 978-7-5390-5868-9
定价	39.00元

赣版权登字－03－2017－43
版权所有 翻印必究
（赣科版图书凡属印装错误，可向承印厂调换）

前言 QIANYAN

人总是离不开阅读，特别是在现代化信息时代，阅读无疑更是我们难求的一片宁静港湾，让我们有机会去感受、去体悟、去反思、去认证我们的这个世界和未来的世界。

科幻小说是一种起源于近代西方的文学体裁，在尊重科学结论的基础上进行合理设想后形成的文学作品，具备"逻辑自洽""科学元素""人文思考"三个要素。科幻小说与一般的传统小说不同，其特殊性在于它与科学技术的发展有着直接的联系，能让读者间接了解到科学原理。但它又是一种文艺创作，它扎根于社会现实，反映社会现实中的矛盾和问题，在科学技术发展的方向上，提供若干有参考价值的预见。有时，某些科学发明尚未出现，科幻小说里则已经进行生动的描绘，如潜水艇、机器人和宇宙航行等。

著名文学评论家布哈伊·哈桑曾说，科幻小说可能在哲学上是天真的，在道德上是简单的，在美学上是有些主观的，或粗糙的，但就它最好的方面而言，它似乎触及了人类集体梦想的神经中枢，解放出我们人类这具机器中深藏的某些幻想。

阅读科幻小说至少让我们有如下的感受：

一、文学的轻松愉悦

科幻小说的主题非常明显，它会涉及"未来"和"未知"、"科学"和"规律"、"生命"和"文明"、"生存"和"冒险"等等，每一本科幻小说都是一个全新的世界，每一次阅读都是一段全新、充满惊喜的精神旅程。

二、科学与严谨的想象

爱因斯坦说过，想象力比知识更重要，因为知识是有限的，而想象力概括着世界上的一切，推动着进步，并且是知识进化的源泉。通过阅读科幻小说，感悟其中的想象力，在人文、哲理的思索上，在思想道德意识的增强上所起到的作用是潜移默化的、是发散性的，其威力是不可估量的。

三、引发科学与理性的思考

科幻小说中的"科学方法"是一种有系统地寻求知识的程序，涉及"问题的认知与表述""观察与实验搜集证据""假说的构成与测试"。简单地说就是一个科学理论要经过观察、解释、预测、确认、评估、发表的程序，才能从一个假设发展成原理。科幻小说的"理性思考"就是遵从客观规律、进行逻辑分析的思考方式。

《汤姆·斯威夫特》系列曾是国外流行的科普小说，书中很多的科幻内容今天都已经变成了现实，它曾影响了几代读者，它伴随了很多人的成长。现以中文出版此书，相信书中的情节与科学，也会给中国读者带来同样的快乐体验。

目录 MULU

第一章　一次激动人心的发现……………………… 001

第二章　秘密任务…………………………………… 010

第三章　海底不速之客……………………………… 021

第四章　神秘的箱子………………………………… 030

第五章　核弹头巡逻………………………………… 038

第六章　海底跟踪狂………………………………… 047

第七章　蒙面人……………………………………… 055

第八章　暴露真相的线……………………………… 062

第九章　推举器上！………………………………… 071

第十章　低温冻结…………………………………… 079

第十一章　山脉藏点………………………………… 089

第十二章　一顿出其不意的晚餐…………………… 099

第十三章　尼夫曼的故事…………………………… 107

第十四章　设饵的陷阱······114

第十五章　空气圆顶测试······121

第十六章　危机四伏的野餐······131

第十七章　月亮标志······139

第十八章　铤而走险的营救······146

第十九章　汤姆被绑架······155

第二十章　暗　器······164

第一章　一次激动人心的发现

"爸爸，快晃一下那盏探照灯，我看见了奇怪的东西！"

汤姆·斯威夫特的眼睛闪着光，激动不已。他在深不可测的大西洋上驾驶着最新的水陆两用直升机模型——海洋猎犬。

"向左还是向右？"斯威夫特先生问道。

"靠右边些，一点点就好。"汤姆回答道。

这名瘦高的发明家和他声名远扬的科学家父亲一起在这，离海底30米处漫游。这里海水太深，太阳光不能照及，他们便进入了永久的黑暗之中。

斯威夫特先生倒吸了一口气，因为他惊奇地发现在探照灯的强光照射下，海底平静的水流中竟有无数巨大的气泡在向上翻滚。

"天啊！简直令人难以置信！"斯威夫特先生大声喊道。

"我从未见过这样的景观！"汤姆赞叹地盯着赞同道。

汤姆早期驾驶第一架水陆两用直升机——海洋之箭巡航

时，在同一山脉发现了一座水下黄金之城，现在他同父亲再次来探索这座沉没的奇异文明古城，进行水下测试。

汤姆快速的进行了测算，说道："爸爸，那些气泡可能是氦气。"

"所以它们上升速度惊人？"斯威夫特先生说，他和儿子一样兴奋不已。

汤姆回答道："是的，之前我们看到的气泡都是慢悠悠地漂上来的。"

"你说的有道理。"斯威夫特表示赞同，氦气密度低，浮力强，父子俩都认为这就是造成气泡快速上升的原因。

这名老发明家眼睛闪闪发光，他说："儿子，如果你的直觉准确，这将会是科学界举足轻重的一项发现！"

18岁的汤姆紧张地点头："我知道，现在我国只能从一些天然气井中提取氦气，那些资源产量有限。如果科学家可以从海底获得无限资源……"

斯威夫特拍着汤姆的肩膀，父子俩专注地看着彼此。

"不要过早寄望太深。"斯威夫特先生十分谨慎地说，"气体还在海底，我们甚至不知道是不是氦气。"

汤姆咧嘴笑了，说道："确实，它也可能是氢气、氩气或者其他气体。但是，我现在就想去核实一下！"

斯威夫特先生皱了一下眉头："怎么做呢？"

"我穿上胖人装备出去，收集样品，进行测试！"

第一章 一次激动人心的发现

汤姆在控制面板上拉下了一个杠杆，关上了定喷。中心旋转轴使海洋直升机静止悬浮在海洋深处，这艘流线型的舰艇慢慢停了下来。

海洋猎犬由原子反应炉驱动，是汤姆最惊人的一项发明。和海洋之箭一样，海洋猎犬既是一架飞机也是一艘潜水艇。这种独特的舰艇安装了拖拉机踏板，它可以像飞机的着陆齿轮一样加宽变长，这样便可以在海底行进。

"你来操控吧，爸爸？"汤姆急切地问。

斯威夫特先生走到控制台，看了一下转盘和计量器，说道："你需要一个悬浮气球帮助你做记号。"汤姆耸了耸肩然后说道："好主意，我马上去拿。"

汤姆打开了一个藏物隔舱并从中取出了一个空心金属"气球"，里面装满了压缩气体。他用一根短电缆线将"气球"拴在了他在实验室里用来收集气体样品的真空烧瓶上。

"现在要钻进胖人装备里了。"汤姆低声说着。

有两件胖人装备逃生服锁在海洋猎犬的气闸室里，气闸室位于前隔舱的后面，每一件上都装有厚实的石英玻璃观察板，有内部控制的缩放腿以及一个驾驶座，形似巨型恐龙蛋。数月前，汤姆发明了胖人装备来帮助他在喷气式潜水艇里追踪海盗。

汤姆钻过打开的可视窗格，进到胖人装备里，斯威夫特先生提醒汤姆说:"在沉淀物里要小心。"

"收到!"

汤姆夹紧了观察板,换上了空气供给装备,然后用机械臂夹起了气球和烧瓶,走进了压力舱。

斯威夫特先生猛地向前推了控制轮,水陆两用直升机轻轻地降到了海底,过了一会儿,舱口门打开,汤姆走了出来。

他小心翼翼摇摆着从垃圾中穿过,走到探照灯灯光下。他在灯光的引领下,朝着起泡的方向前进。

海底完全没有植被生长,偶尔有几只长相奇特的鱼和其他海洋生物发出微光,是这里仅有的生命迹象。

气泡似乎是由他所站立的暗礁放出的,沉淀物像巨大的炖炉一般在沸腾。

汤姆用缩放腿一步步试测着,同时用内置探照灯搜寻着海底,最终他到达了气泡所在的区域。

他操作着机械臂,每出现一个气泡,他便将真空烧杯倒置,收集一些纯净气体。

"目前还不错。"汤姆喃喃自语,"只希望是氦气。"等到瓶子自动密封后,他准备返回海洋猎犬。

突然,胖人装备开始来回摇晃,它的机械双腿剧烈摇晃了一会儿,接着回转仪使这个蛋状的怪物恢复了平衡。

"啊,这是怎么了?"汤姆费解,稍感警觉。

第二次突然猛烈的倾斜几乎将他甩出座位。汤姆迅速将脸

第一章 一次激动人心的发现

颊贴紧石英玻璃窗来一探究竟。令他惊恐的是海底风云变幻，不断震动。

"天啊！我应尽快离开这里！"汤姆心想。

他加快驱动气体喷射器来驱动机器前进。但是气泡剧增，胖人装备猛烈摇晃着。

汤姆疯了似的操控着装置，努力使逃生衣保持直立。然后又一波震荡来袭，整个海底似乎都要爆炸了。

伴随着炸药爆破力，一股巨大间歇泉和泥土一并喷发，击打着胖人装备和水陆两用直升机，狠狠地将它们往前推。

汤姆被甩出驾驶座，几乎没看到海洋猎犬探照灯扫出一条疯狂的弧线。他的脑袋撞在"钢蛋"内壁上。汤姆痛苦地呻吟了一声后，昏了过去。汤姆恢复意识时，他发现自己身处一片漆黑之中，只有转盘仪带来的一丝光芒打破着海底的漆黑。

此刻，周围海水风平浪静，汤姆推测间歇泉是山体气压过大，释放大量气体造成的。

他昏厥了多长时间，几秒钟还是几分钟，他全然不知。

"爸爸被吹哪去了？"他担心地自问道，"他现在怎样了？"

汤姆按下胖人装备灯光按钮，绝望地来回按了好几次，都没有反应。

"啊，不要啊！"汤姆痛苦地喊着，探照灯也没了反应！

石英玻璃窗外，海洋猎犬的光柱踪影不见，一阵恐惧感在

第一章 一次激动人心的发现

他心中翻腾起来。

"淡定，汤姆！"他告诉自己，"慌张没用。"

从缩放仪控件显示的重量看，汤姆知道海底间歇泉已将真空烧瓶从他手中卷走。他珍贵的样品也消失不见了，但他已无暇顾及那些。

汤姆谨慎地操控着设备，他将胖人装备360度转弯，海洋猎犬的光芒丝毫不见。

"也许我可以通过声呐电话与外界联系。"他想。

汤姆打开双向设置，满怀期待地对话筒说："爸爸，能听到吗？胖人装备呼叫海洋猎犬。"

他一次次呼叫，但都没有回应，他最终放弃，关上了呼叫机。

"现在该怎么办？"汤姆害怕地想着。

他想了一下当下形势。没有主舰的帮忙，他将陷入困境，父亲的形势会更糟。但他决定不管怎样，在海底徘徊是没用的。

"好吧，就这么办！"他决定。

他打开一个水阀，让压载物水箱随水漂出，准备将它升到水面上。他感觉胃里像有个推举器，指导胖人装备正在穿过黑暗的海底向上曲折前行。

窗外，黑暗逐渐变成淡灰色，然后海水呈现出浅绿色，最后变成了深蓝绿色。各种各样的鱼儿猛冲过来，几秒钟他就冲

第一章 一次激动人心的发现

出了海平面。

"天啊,久违的阳光真是太棒了!"汤姆高兴不已。

他环顾四周,兴奋地叫了出来。在不到100米的地方,他看到了海洋猎犬在浪潮里翻腾,还看到了漂浮着的气球和绑在一起的真空烧瓶。

汤姆重新得到了气体样品,他开着胖人装备朝着水陆两用直升机开去。他从船舱窗户看进去,没能看到父亲,一阵不祥的预感席卷而来。

汤姆猛敲船舱口,停了一会,他又敲了敲,但里面没有任何回应!

第二章 秘密任务

恐惧的念头在汤姆的脑海中挥之不去。刚才间歇泉向上冲击到海洋猎犬时，爸爸一定出事了。他是不是受了重伤，很无助地躺在水陆两用直升机里？

汤姆疯狂地想打开舱口，但都没能成功。门口开关装置堵塞住了！他也没什么工具能强行进入。

现在该怎么办？汤姆在胖人装备里快速摆动着，海上只有他一人，离最近的陆地还有160千米，他所在的航道也没有过往船只。

"看来无线电是唯一的希望了。"汤姆沉重地决定道。他调到了斯威夫特企业集团员工专用频道，斯威夫特企业集团是一个位于斯威夫特家乡肖普顿的大型实验站，在这里汤姆和爸爸完成了无数的发明。

"小汤姆·斯威夫特呼叫企业集团！有人听见吗？拜托，讲话……汤姆·斯威夫特呼叫企业集团！"

突然耳机里传来了微弱的回复声，他高兴得心跳都加速

了。"企业集团呼叫汤姆,发生什么事了,机长?"是企业集团通讯部长乔治·迪林的声音。

"我们现在遇到麻烦了,乔治——我们被困在了海上!"汤姆急切地说,"快点派人手过来,叫上辛普森医生!"

他告诉迪林他们所处的位置,迪林开始回复,但才说两三个字就没有信号了。

迪林听到我们所在的位置了吗?汤姆一次又一次试着再通信,但都失败了,最终他绝望地放弃了。

目前来看,汤姆什么都做不了,只能等待和期盼着。时间一点点过去,这名年轻的发明家多次悲伤地认为自己离死亡不远了,因为这不仅是在海上,还是大西洋冰封的荒芜地区,一片荒凉而空荡的外太空。在最近的一次冒险中,他利用自己发明的超声波旋风飞机,击败了一名一心寻找丢失多年宝藏的恶魔科学家。

现在炽热的太阳照耀在空旷的大西洋上,胖人装备内变得愈加闷热。就连石棉材料装置和换气设备也不能给这蛋状的逃生服内部降温。

为了解决这一问题,汤姆多次潜入水中降温。每次浮上水面,这个陷入困境的发明家都满怀期待地寻求援助。但他所看到的只有不时出现的飞鱼,一只看上去足以致命的鲨鱼鳍几次快速从他身边擦过,还有一次他看到了一群海豚在嬉戏。

下午3点左右,天空传来一阵隐约的轰鸣声引起了他的注意。他朝西北方望去，一个银色斑点逐渐进入了视线。

"蓝天女王！"汤姆满怀希望地想，"谢天谢地！"

几分钟后，一个带有后掠翼的巨大流线型飞机停在了他头顶上空。这架飞机由原子能驱动，能够胜任在全球各地进行的科学研究，这个三层飞行实验室是汤姆的第一个重大发明，喷气推举器使它能够垂直起飞和着陆。

"胖人装备呼叫蓝天女王！天啊，你们来得真是太及时了！"汤姆对着话筒说。

"时刻与你同在，机长！"对方回复。

这架大型飞机利用推举器盘旋在离海洋猎犬很近的水面上空。汤姆沿着胖人装备一侧快速前进，然后爬进了打开的舱口。他一爬出胖人装备，大家都热切地欢迎他。

"你还好吗，朋友？"巴德·巴克利问道，他和汤姆年龄相当，这名健壮黑发的小伙子是汤姆的密友。

"不用担心我。"汤姆回答道，"我们必须找到我爸爸！"

"他在哪？出什么事了？"汉克·斯特林问，他下颌呈方形，是斯威夫特企业集团的模具部总工程师及故障检修员。

汤姆快速描述了他们在海底的遭遇，以及在他撞到海洋猎犬气闸室上时，爸爸是如何失联的。

汉克立刻说："往你那边拽，斯利姆，我能把它打开！"

斯利姆·戴维斯是斯威夫特企业集团的试飞宇航员，是他

将蓝天女王开到这里的。他马上回到控制台，轻踢了一下主喷气阀，这架大型飞机便向着水陆两用直升机靠近。

然后，机械工艺师亚弗·汉森也加入进来，他身高六英尺，有些笨重，是他负责把汤姆所有发明物制作成外观时尚的小模型。他把一个系着泊机绳的楔子扔到水陆两用直升机外壳上，来把两架飞机紧紧连在一起。

借着割炬强光，汉克和巴德很快就打开了海洋猎犬的气闸。汤姆和斯威夫特企业集团的辛普森医生一起进入了直升机，船员们紧随其后也爬了进来。

在前舱的后面，他们发现斯威夫特先生蜷缩着躺在舱板上。

"爸爸！"汤姆奔向父亲，崩溃地哭喊着。

辛普森医生跟在他后面。"你父亲一定是没站稳摔倒了。"他看到斯威夫特先生额头上的瘀伤后说，"帮我把他抬到卧铺上。"

这名年轻的医生给斯威夫特先生检查了几分钟，但没能使他恢复意识。

"你觉得他怎么了？"汤姆焦急地问。

"恐怕他得了脑震荡。"医生回答道，"我倒希望我错了，但我们最好尽快将他送往医院。"

汤姆驾机返程，不一会儿，这架原子能驱动的巨型蓝天女王以两倍音速从西北方疾速滑过海面。与此同时,汉克·斯特林和斯利姆·戴维斯也留在水陆两用直升机上,来引导它返回基地。一个多钟头后,汤姆的飞行实验室飞到了A国海岸的一座岛附近。

"为省时间,我们将在费林岛上着陆。"年轻的发明家对辛普森医生说。

过了一会儿,他们看到了一个小沙丘和一片靠近大西洋海岸的灌木丛。这就是费林岛,是斯威夫特企业集团的火箭基地,由无人驾驶飞机和雷达严密看守。

汤姆通过无线电解除了警报,他们一着陆,就有一辆救护车在旁边等着。斯威夫特先生在担架上被抬下了飞机并立即送往医务室,这里有汤姆、巴德,还有医生陪着,他终于恢复了意识。

"我怎么了?"他虚弱地问道。

"放轻松,爸爸。"汤姆抚慰他,"一切都好,我们现在已经回到费林岛上了。"

X光线显示斯威夫特先生患有轻微脑震荡和骨挫伤,辛普森医生说他必须住院观察2~3天。

"我害怕这会搞砸我们这次黄金城市之旅,儿子。"这名科学家苦笑着说。

"不用担心那些了,爸爸。"汤姆说,"重要的是你马上就好了,而且我们可能已经发现了重要的新氦气资源!"

"你已经检验过样品了?"斯威夫特先生急切地问道。

"是的,斯威夫特光谱仪显示确实是氦气。"

"太好了,太好了。"斯威夫特先生说。他用手指在床单上咚咚地敲打,然后说:"汤姆,我们最好立即将这个消息告知政府,这么重要的消息不能独享。"

"我当然同意了,爸爸。"汤姆真诚地回答道,"我应该联系谁呢?"

"布朗森在矿务局工作,他负责所有的氦气生产。"

"我马上就联系他。"汤姆说。

汤姆开着吉普车到基地总部大楼内,给首都打了长途电话。他汇报着他们的水下发现,政府官员十分激动。

"如果我们能找到开发此处氦气资源的方法,那就真的能够加快宇宙飞行计划的进行了!"布朗森说。

"宇宙飞行计划?"汤姆皱了一下眉头,"这有什么联系呢,先生?"

"这不能在电话里说,明天早上我会先派遣两人到你的火箭基地。"

"我等着他们。"汤姆回答。

第二天一早,一架A国空军喷气式飞机疾速降落在费林岛上,两名乘客着陆——一个是大约五十岁的粗壮秃顶男子,皮肤黝黑,看起来饱经风霜;另一个不到三十岁,头发乌黑,肌肉发达。

年纪较大的那个是阿瑟·克莱斯比博士，是矿务局一名著名的化学家。"这是我的助手，鲍勃·安克尔。"克莱斯比博士边说边介绍他的同伴。

"很高兴认识你。"汤姆边说边和他们握手，"这是巴德·巴克利，你们想现在就去看一下氦气样品吗？"

鲍勃咧嘴笑着。"太想去了！"

巴德开着吉普车，几个人快速到达了主实验楼。在这里，两名化学家热切地帮助汤姆使用光谱仪进行了再次分析，分析结束后，这两名访客既紧张又兴奋。

"太不可思议了！"克莱斯比喘着气说，"这几乎是百分之百纯净的氦气。"

鲍勃·安克尔扯下橡胶围裙，兴奋地说："如果我们能大规模生产，那将会在5～6个研究领域发生突破性改革！"

"是的。"克莱斯比说，"用气球运输货物将会比空运便宜得多，因为可以利用喷射气流。"

"还有，"汤姆说，"布朗森先生说的宇宙飞行计划，政府是计划用氦气球吗？"

克莱斯比博士点点头，停下来点了一支海泡石大烟斗。"是的！未来一些火箭和卫星发射器，我们都将用氦气球作为助推器。也就是说，有了这些气球，发射平台将上升至大气最外层。"

"那将会节省燃料。"汤姆表示赞同，"但是如果所有火

箭实验都用这种方法,那将需要大量氦气。"

"说的就是这点!"鲍勃说,"我们需要马上拥有氦气新资源,这次的海底资源就是答案!"

在旁观看的巴德笑着对汤姆说:"我们要等多久才能起飞,机长?"

年轻的发明家笑了:"如果各位先生同意的话,我们可以马上起飞。"

"你的意思是要做个初步调查?"克莱斯比问道。

汤姆摇了摇头:"我要开始钻孔操作,用我的地下原子能驱动设备。"

"太棒了!"克莱斯比博士说,鲍勃也点了点头。他们两个都熟知汤姆的地球挖掘机,它是汤姆用来开发南极新的铁资源而发明的。"但是。"年长的科学家继续说道,"如果钻孔成功的话,如何阻止气流呢?"

汤姆说:"我想过了,我的设备必须足够强大才能经得起间歇泉的冲击。昨天晚上我在机器商店里临时改造了一个专门的高度密封设备,这是它的原理。"

他掏出一支铅笔,将他的布局安排快速画在纸上,两名政府工作的化学家都表示赞同。

"应该很完美了!"克莱斯比博士说,"好,我认为应尽快找到这些矿井的宽度和深度,当然此次勘察应保守机密,到A国提出所有权要求再公开。"

"目前为止，没有斯威夫特及矿务局以外的工作人员知道这次发现。"汤姆向他们保证，"我们会一直保密的！"

不到30分钟，费林岛火箭基地就闹哄哄一片，一群机械师涌入海洋猎犬里，修理被海底间歇泉损坏的舱口。船舰的每一部件都被检查了一番，这些部件使得船体在海底遨游和在空中飞翔一样易如反掌。检查完毕，装备和供应都被卸在舱内，包括汤姆的高度密封设备以及另一件胖人装备。

同时，地下原子能驱动设备也从肖普顿运到了舱内，形如发光鱼雷，由无线控制，能够抗高压发射，船头专为抗击坚硬岩石而设计。

到所有卸载完毕，直升机也准备就绪后，汤姆去医务室看望了父亲。确定父亲恢复虽慢，但进展良好后，汤姆开着吉普车驶向飞机场，巴德·巴克利、克莱斯比博士和鲍勃都在等他。

"一切就绪，机长？"巴德热切地问候他。

汤姆笑着回答："准备出发吧！"

四个人爬上飞机，汤姆坐在驾驶位，他踩下油门，回转轴旋转起来，流线型机身冲向天空。

仅几秒钟，他们就远离了海洋和遥远的海岸线。然后，汤姆切入前喷射器，海洋猎犬急速驶向南大西洋。

鲍勃·安克尔毕业后在A国空军服过一段时期兵役，此行深感赞叹。"汤姆，如果有你的新氢气，这个宝贝就一定成功，它定会出类拔萃！"他高声说道。

第二章 秘密任务

"等会儿你就会看到海洋猎犬潜水！"巴德咯咯笑着对他说。

到了氢气所在地，汤姆将直升机开到水上并反转叶片距。然后他向前推动控制轮，海洋猎犬向下坠入海底。

克莱斯比博士看到这些发出磷光的奇异鱼群，他十分惊讶，鱼群快速地在船舱窗户外游过。"太奇妙了！"他感叹道。

很快直升机在海底氢气所在地停了下来，汤姆、克莱斯比博士和鲍勃都爬进胖人装备里进入气泡区域探索，巴德来操作装置。

选好钻探地点后，他们通过气闸室卸下了发射平台，并将它用传播锚在沉淀物下的火箭里固定。

接着，地下原子驱动设备放置到合适的位置，很快准备就绪。

然后，他们操作起密封设备。为了使其位置固定，他们发射火箭锚到岩床里，防水的喷嘴先是打开状态，随着设备自己封闭逐渐关闭起来。

"一切准备就绪，后退！"汤姆用声呐电话通知两名伙伴，"我只期望不要再遇到间歇泉。"

所有人都用手势示意汤姆准备完毕时，汤姆按下电源，地下原子能驱动设备钻入海底，三位科学家关掉了胖人装备里的探照灯。在直升机黄色强光的照射下，他们看到了地下原子驱动设备底部冒出的气流。

突然海洋猎犬灯光闪烁不定,好像警报信号,汤姆十分惊讶,用话筒询问:"怎么回事,巴德?"

探照灯再次熄灭没再亮起来,他马上住了手。一时间,汤姆感到了一丝危机,他关掉了原子能驱动设备,现在它已在海底完全消失。汤姆告诉同伴们挡住光线。

每个人都紧张地等待着。

第三章　海底不速之客

几秒钟过去，汤姆的声呐电话探测到令他毛骨悚然的声音。一艘海底船只正从南面疾速行驶过来！

汤姆困惑不已，他十分确信企业集团没有人会从那个方向过来，并且他从来没听说过除了这架水陆两用直升机还有哪艘潜水艇可以下潜到这个深度的。

有一件事他很确信：他不想让他人知道这个秘密计划！他通过话筒告诉同伴："躺下！伪装自己！别动！"

汤姆按下了控制按钮，两套风格奇异的胖人装备听令，跟着他操作，伸展成一大片，伪装在海底。

他们在安静中担心地等待着，这个奇怪的潜水艇匀速在数百米内从这三名勘查者身旁经过。过一会儿，他们看不到它的探照灯了，引擎轰鸣的声音也逐渐消失。

汤姆打开了探照灯，然后慢慢操动缩放臂和缩放腿摆正胖人装备，另外，两人也很快站了起来。令汤姆惊讶的是海洋猎犬不见了！

"它去哪了？"他十分困惑。

通过声呐电话，克莱斯比博士着急地问道："那艘潜水艇呢？那是谁的？"

"实在猜不到。"汤姆说。

说话的同时，另外一束灯光亮起，逐渐逼近。汤姆发现是海洋猎犬，高兴地跳了起来。

"大家都好吧？"巴德问。

"我想是的。"汤姆回答他，"你怎么样了，鲍勃？"

年轻的化学家回答说很好，但对于不明潜水艇十分困惑。

"我们都很困惑呢！"巴德咯咯笑着说，"那就是为什么我要躲起来啊。汤姆，你认为有人知道了我们的行动，试图找你？"

"可能是。"汤姆十分担心地回答道，"据我观察，这艘潜水艇没有辨别身份的标志。但是你隐藏起来了，我们也伪装起来了，我们的氦气秘密应该还没有泄露，我们继续钻探吧。"

"好的！"

"首先，我们应该将密封设备放在正确位置。"汤姆说。

所有人都用机械臂使这台管状设备放入原子能驱动设备钻过的孔内。电源打开，钻帽自动钻入了岩石中，汤姆调整了主要阀门，使其保持打开状态，使更多的岩石蒸汽流进矿井中。

汤姆再次打开电源，原子驱动设备重新开始钻向海底，几

分钟过后出现了一阵嘶嘶轰鸣声,声音低沉但通过声呐电话可以听到。

"我想我们找到气体了!"汤姆大声地对同伴们说。

他熟练地反转了控件,然后将快速陡直上升的原子驱动设备从轴中拿出。当原子能驱动设备清理海底表层时,一阵砰砰的声响传入耳中,就像将软木塞从瓶子上拔出的声音,然后一股巨大的氦气间歇泉喷涌而出。

"你成功了,机长!太棒了!"巴德在海洋猎犬上欢呼雀跃。

汤姆按下了关闭矿井的控制钮,止住了从海底山脉喷出的气流。

"汤姆,太棒了!我们现在就掌握着氦气新资源!"

"目前为止一切都好。"汤姆笑着表示赞同,"但是我们还要……"

他的话被声呐电话里传来的一声窒息的叫喊声打断。"救命!我的空气供给设备出了问题!"是鲍勃的声音,"我不能呼吸了!"

呼叫声在一阵喘不过气的呼吸声中逐渐消失!

"快!我们必须赶快让他回到船上!"汤姆催促着克莱斯比博士。

二人焦急痛苦地在水中摇摆穿梭,尽快去支援朋友。通过可视窗格,他们看到鲍勃的眼珠瞪得非常大,面色紫红。

"我们得抓紧时间!"汤姆十分着急。

他和克莱斯比博士抓住这套无助的胖人装备,并将其带入直升机内,打开锁风通行道舱口,把鲍勃推了进去。他们进去后,马上将呼吸困难的鲍勃安全送往海洋猎犬客舱内。

"我把他救出来!"汤姆自告奋勇。

他熟练地卸开可视窗格,拽出了几近昏迷的鲍勃,他的嘴巴大张着,往肺里大口吸气时,胸膛一阵一阵地抽动着。

汤姆将他拉到甲板上,给他做了几分钟的人工呼吸。当鲍勃的呼吸平稳规律些时,这名年轻化学家被抬到了卧铺上。

克莱斯比博士从急救箱中拿出了嗅盐,在鲍勃的鼻子前晃动。不一会儿,他的脸色就恢复正常,可以开口讲话了。

"这可真是死里逃生啊!"这名年轻的化学家哭笑不得,大口喘气。

"怎么了?"巴德问道。

"他的空气供给设备出了些问题。"汤姆回答道。

他拿着一个小工具箱,爬进了出故障的胖人装备里,修理了几分钟。

"振翼阀门被堵住了。"他出来时说道,"现在修好了。"

所有人都讨论起在山岩上发现氦气一事,将这个差点酿成惨剧的事件暂时抛到了脑后。

"从气泡数量上看，这片领域布满了氦气！"鲍勃说。

"好。"巴德说，"但是你要用什么方法将这些东西运往海平面下两英里的地方呢？"

两名化学家迅速展开讨论，提出建议，然后克莱斯比博士看着汤姆，脸上闪现出狡黠的微笑。

"我们的一些想法可能有用。"他说，"但是我想我们还得靠著名斯威夫特专家来给我提供一个最佳答案，怎么样，汤姆？"

汤姆咧嘴笑了。"我确实已经在企业集团研究了一些可以帮到我们的发明。"他说，"一会儿告诉你们，我们先把原子驱动设备放到舱内然后启程返回费林岛。"

鲍勃想要帮忙，但汤姆执意让他休息。当然要巴德来掌控飞机了，尽管任务很艰巨，汤姆和克莱斯比博士还是成功释放了发射器和原子驱动设备。然后，他们利用推举器将发射器和原子驱动设备通过锁风通行道带到了飞机上。

一会儿，海洋猎犬从海底慢慢升起，它冲出水面时，巴德反转了叶片距，并且高速加快旋转体转动，飞机如一条巨型飞鱼，冲出浪潮。

正当他们滑过云际，冲向费林岛时，汤姆站在客舱窗户前，陷入沉思。

"快看看那紧皱的眉头。"巴德戏弄道，"天才准又在筹划大事了！对吗，伙计？"

汤姆轻声笑了："好啦，你们都想知道我打算怎样大量提取氦气，我认为最有效的方法就是将钻探装置放入大型气泡中，我们可以在气泡内部营造一个可以呼吸的环境，在里面工作。"

"一个大型气泡？"克莱斯比博士皱了一下眉头，"恐怕我理解不了，这样的一个气泡是怎样形成的？"

"那就要说到我的新发明。"汤姆说，"那是一个有选择地斥力物质的设备，我将它命名为斥力装置，如果成功实施的话，那么我们就可以排出周围海水来营造一个适宜生活的空间。"

"你的斥力装置是怎么操作的？"鲍勃十分好奇地问。

汤姆咧嘴笑了："好吧，我来说一下原理，你们知道，物质是由分子组成的，而分子又是由原子组成的，原子是由中间一个原子核，周围有一个或多个电子环绕运行，正如每个小行星环绕太阳运行一样。"

汤姆停顿了一下，巴德·巴克利说："目前为止我听懂了，但是讲简单点。"

"好的，不同物体其原子内部构造都不同。例如，铁是一种原子，碳是另外一种，因为它们的原子不同，它们各自发出独特的放射性元素，在光谱下可以看到。"

"的确如此。"克莱斯比博士说，"通过光谱研究其发出的放射性元素，我们可以得知我们在看的是什么物质。"

"有点类似彩色印刷的化学指纹。"巴德咯咯笑了,"对吗?"

"完全正确。"克莱斯比博士回答。

汤姆继续说:"海水中的分子是由不同原子组成的,每一种原子都可以发出不同的放射性元素,正如我刚才解释的。如果我可以提取并分析氦气矿井附近的放射性元素,然后产生逆辐射波,便可以将海水排出。"

"对。"鲍勃说,"这个逆辐射和产生的辐射正好相反——这样就会对海水产生反作用力。"

"对的。"

克莱斯比博士和鲍勃听到这一想法感到十分惊喜,尽管他们对于能否成功仍有些怀疑。

"啊,太棒了!"鲍勃说,"但是那样行得通吗?"

巴德·巴克利从未听过汤姆失败过,他忠诚地说:"听着!如果最强大脑先生说了这个计划,那他就是确定了!唯一的问题是,设计东西对我来说实在太难了,除了做一名飞行员我什么忙也帮不了。"

"但是你是一名非常优秀的飞行员!"汤姆感叹道,"世界上最好的飞行员!看,巴德,你还记得我在发明的电阻器装置吗?"

汤姆指的是他和巴德一起在超音波巨型飞机上的那次冒险,发明家应对一个道德败坏的科学家发明的致命放射线。

"当然记得。"巴德点了点头。

"好,那台设备是一个放射性中和器,因为它可以将发向我们的冲击波变为热能。我的新发明斥力装置所要做的就是将所有外来辐射反噬。换句话说,这两束相反光线将会相互抵抗,正如同极磁体相斥。"汤姆说。

巴德挠了一下头。"听起来是个巧妙的办法。"他沉思片刻,然后突然说,"嘿,这个方法也能用在水以外的物质上吧?"

"是的。"汤姆说,"如果我能解决一些缺陷的话,过些时候,如果我的第一个模型成功的话,我想要创建一个斥力装置来排出其他物质,如铁、铝等等。"

汤姆突然站了起来,在舱板上激动地踱来踱去。

"想一想!"他感叹道,"最后,我甚至可能发明了特殊的斥力装置来驱动火箭飞船和飞机。"

另外两个人也被他所描绘的奇异前景所吸引。

克莱斯比博士说:"汤姆这将是一个伟大的成就,你可以制造斥力装置作为军事力量射线,来保卫祖国免受导弹袭击!"

汤姆咧嘴笑了。"得一点点来,博士!"他简单地说。

费林岛进入视线时,汤姆发信号解除了警报。一会儿,海洋猎犬盘旋而下,降落在机场。

"久违的地方看起来真美!"巴德说,"我要做的第一件

事是……"

他的话还没说完,岛屿突然开始猛烈摇晃,所有人都倒在了地上。

"地震了!"克莱斯比博士大喊。

第四章　神秘的箱子

地震仍在继续，汤姆意识到海啸将至，他到处查看，想找个地方让自己和同伴们躲一下。

此时，震耳欲聋的轰鸣声传遍整个岛屿，一枚巨型货运火箭在发射台上摇摇欲坠，其呈针状的飞机头在天边若隐若现，在一片混乱的残骸中和一架门座式起重机一起掉了下来。

汤姆呻吟了几声，但看到调度塔摇摇欲坠却屹立不倒时，他松了一口气。他大喊："快来人，快去塔那边！"

所有人都以最快速度跑向那边，因为他们看到了水墙几乎要淹没整个岛屿，大家仅用几秒钟便冲进了大楼内。

他们快速爬上楼梯时，听到了调遣员通过话筒在维持秩序："注意！危险！海啸！所有人都往高处走！"

汤姆和朋友们透过窗户看到了所有工作人员都在往高处跑。现在地震已经停了，但是海啸扬起的巨浪向岛屿滚滚而来。塔震颤着，工作人员都屏住呼吸，祈祷建筑物能屹

第四章 神秘的箱子

立不倒。

"我希望每个人都能安然无恙。"汤姆小声地说，心里特别牵挂父亲。医务室可是在一个低层建筑的一楼啊。

随着潮水退却，汤姆拿起双筒望远镜来检验损坏状况。令人欣慰的是，他看到没有人被困在门外。现在他把视线固定在医务室，所有门窗都紧关着，安然无恙。汤姆也看到所有建筑都一样完好。

"你的通知起作用了。"汤姆对调遣员说。

"谢天谢地！"他说。

汤姆让他对各部门情况都做了报告，几分钟内，他了解到所有人都安然无恙，物质损失轻微。

可以再次出门时，汤姆和朋友们来到了地面上。令人欣慰的是海洋猎犬奋力抵抗了猛攻。他们将翻倒的吉普车摆正，呼啸着发动起来，排气筒也到处喷水。

"我想可以开着它去行政楼。"汤姆说，"快上车！"

汤姆在医务室前停留了片刻，爸爸说没有受到地震惊吓，但是汤姆觉得爸爸看上去虚弱消瘦。

"你确定还好吗，爸爸？"

"当然。别担心了，去看看岛上怎么样了。"

"这就走。"

他和朋友们到达基地总部时，巴德将克莱斯比博士和鲍勃带到了接待室，汤姆也马上回到了办公室。办公室的电话一直在响，所有职员都乱成一团。

"你回来得正是时候，机长！报告出来了。"汉克·斯特林说。汤姆离开后让他留下管理企业集团。

汤姆滑进椅子里，拿起电话，听着每个部门汇报情况。一些交流中心的电子设备损坏，另外，还有非螺旋式安装的几种设备遭到了损坏。庆幸的是精致的火箭追踪设备之前保护妥善，现在完好无损。

岛上只有人留了伤口或是瘀青，此外一切安好。最后汤姆放下了电话，手指拨弄着金色的平头。

"我们应该庆幸损失并没有很严重，汉克。带上营救人员，看一下已发射火箭的状况。"

"是，机长！"

汉克离开后，另外一人迈着沉重的步伐穿着高跟靴子走了进来，他叫乔·温克勒，罗圈腿、身材矮胖，他以前是厨师，现在是汤姆探险途中的主厨。汤姆和父亲在途中不能回家吃饭时，他就给他们做饭吃。

现在他的光头和那奇特的牛仔衬衫上撒满了乱糟糟的面粉，裤子已浸透，沧桑的脸颊满是悲恸，一脸厌恶的表情，好像病恹恹的阉牛。

"嗨，朋友！"乔说，"我很高兴看到你，但是我不能面对我的画展。不，先生！我觉得需要一个营救人员来清理一下！"

第四章 神秘的箱子

"发生什么了,乔?"汤姆问,几乎已经不顾眼下形势要笑了。

"什么没发生?糟蹋了我的饼干,那个地方要比闹事者敲打过的流动炊事车看起来更糟!"

心情平复后,乔一屁股扎在椅子里。

"心情很不好唉?"汤姆同情地说。

"糟糕透了!"乔摇了摇头,"地震发生时,我正好在梯子上准备去取搁板上的一袋面粉,我知道的第一件事,就是梯子砸到了一个封口大开的面粉袋上,然后一瓶10千克重的奶酪滚下落到了我的头顶上!"

乔摸了摸酸痛的脑袋,又说:"那只是个开始,等到地震停了,我要在那些男孩让我做的足有8千克重的牡蛎炖肉中遨游,滚烫的牡蛎炖肉啊!"

乔描绘的画面实在太有趣,汤姆忍不住哈哈大笑。"不用担心,乔。"汤姆鼓励着乔,"我安排好一伙人把火箭的工作忙起来,然后就拿着拖把到处忙。"

乔离开以后,汤姆又拿起了电话。"请帮我找一下奎恩教授。"他告诉接线员。

奎恩教授是斯威夫特先生的老朋友,是全国顶尖的地震专家。

对方接起电话后,汤姆说:"教授,你定位到大约30分钟前我们在费林岛上感受到的地震了吗?"

"当然定位到了,汤姆!我们的地震仪显示震中就在你们岛上。"

"什么!"汤姆大叫。他十分担心,今后可能会有更大的麻烦!

他跟奎恩教授通话时,巴德走了进来,汤姆示意让他等下。一会儿汤姆谢过奎恩教授提供的信息后挂了电话。

汤姆转向巴德说:"你愿意参与另一个海底任务吗?"

"尽管吩咐,机长,是什么?"

"地震集中在这里,那就意味着我们可能还会有地震。"汤姆解释道,"我想要在岛屿周围水位以下到处查看一番,看是否有什么故障。"

"走吧!"巴德立即说。

两人选择了一辆卡车,带上两套胖人装备,就朝向北码头出发。他们在这儿钻进了钢制逃生服里,然后下了水。

费林岛临近大陆架边界,几乎拔地而起,是一块尖锥形岩石。汤姆推算出火山喷发发生在地表以下至少16米,所以在这个高度,他和巴德开始研究满是海面升高痕迹的岩石。

一个多小时,他们都在用探照灯一寸一寸地探索着岛屿的地基,但是没有看到一道裂缝。突然汤姆看到了一个巨大缺口,这是新的!完全没有海水增涨的痕迹。

"巴德,快来看!"他大喊。

缺口足够使一个胖人装备进入,汤姆告诉巴德他要做一个

第四章 神秘的箱子

小调查。

"好吧，小心点。"巴德敦促道。

汤姆去的时间不长，很快就回来了，巴德十分惊讶听到汤姆说他觉得这次地震不是自然造成的。

"有人在那放了炸药，将它引爆了！"汤姆神色严峻地说。

巴德一时惊得说不出话来，然后问："旧敌还是新敌，汤姆？"

"我希望是我认识的，伙计。不管是哪种，我们再看看，看是否有什么线索能找出这个人是谁。"

附近没有一丝痕迹，所以两人继续在岛周围搜索，巴德在汤姆上方6米远，他们几乎已经正好到达北码头下，这时从汤姆的耳机里传来了一阵叫喊声，巴德激动地大喊："海盗宝藏！"

"什么！"

"绝无半句虚言，机长！快过来，你自己过来看！"

汤姆打开了自己的压载水箱，游到和巴德同样的深度。令他惊讶的是他看到巴德在一个类似洞穴口的地方歇息着。

"看！"巴德大喊，他用探照灯照着洞穴内部。黄色灯光照射着，他们发现了很多毫无光泽的金属宝箱堆在里面。

"天啊！"汤姆大喘一口气，"你真的碰到了宝贝！"

"我敢打赌这箱子里的黄金足够买下一个银行！"巴德继

续胡言乱语,"汤姆,我们拿一盏喷灯,然后打开一个箱子看看!"

"别急。"汤姆十分谨慎,他将一个伸缩臂伸长,在最近的箱子表面擦了一下,"那些东西对我来说就像是向导——它在这里藏的时间也并没有很长。"

"你的意思是……"巴德十分犹豫。

"很难说里面是什么,我们还是不要采取任何措施。"

巴德透过可视窗格盯着箱子看:"你的意思是就把它们都留在这里?"

"不。"汤姆反驳,"我们先拉一个到水面上,然后再'小心打开'!"

结果所有的箱子都太沉抬不动,最终两个人在一堆箱子中,挑了最小的一个,将其推到了洞口的岩架上。

他们用胖人装备的机械臂一人抬一端,然后打开了压载水箱。钢蛋状的胖人装备慢慢升上水面,他们紧紧抓着战利品。

两个人将箱子拖上岸后,汤姆用无线电呼叫了基础仪器商店,让他们送来一辆卡车和一台推举器。20分钟后,这个重物被安全送至了他在岛上的实验室里。

医生、斯利姆、汉克和亚弗都急忙集聚过来想要一睹宝箱开启。

"我还是希望着箱子装满了金子,或者至少是银子。"巴德说。

第四章 神秘的箱子

汤姆不敢用任何电子工具,生怕溅起火花。他利用将盖子和箱子焊紧的焊接处凿开箱子,最终用一把特别的窄凿将箱子撬开了。

"核弹头!"汉克喘着气说。

"我的天啊!"博士低声说,"这一个箱子的破坏力足够将整个岛屿炸毁!"

"那应该很容易就会发生。"他告诉了所有人他之前跟巴德讲过的十分恐惧的事,然后又说,"我想一个核弹头错误地在岛屿另一边上爆炸了。"

"无意?"巴德说,"我看是故意的吧!"

"我改变主意了。"汤姆担心地紧皱眉头,"另外,我也认为这些埋藏的核弹头完全就是一个反政府的巨大阴谋。"

第五章 核弹头巡逻

汤姆的话让实验室里的所有人都震惊了,大家都盯着他看。

"你的意思是……"斯利姆大声地说,"放核弹头的人是外国集团雇佣的破坏活动分子?"

汤姆点了点头,汉克说:"我一点都不惊讶,没有哪个个体可以单独获取核弹头的。"

汤姆继续说:"那还不是最糟的,我肯定他们在我们海洋区域很多策略点都有藏点,专门窝藏核弹头。"

"当然要用潜水艇运输。"巴德说,"汤姆,你认为在氦气田时,经过我们身边的潜水艇跟此事有关吗?"

"很可能有关!"汤姆说,"巴德,咱们应该感到幸运,搜查时穿了防辐射的胖人装备,爆炸后岛周围的海水都有辐射。"

汤姆知道需要抓紧时间,他立即命令没穿胖人装备的人离岛屿周围海洋至少800米远,然后又说:"把剩下的箱子留在

海底实在太危险了,我们必须马上把它们运上来。"

"但是要怎么运呢?"

"用我爸爸的真空推举器。"汤姆说完后将头转向亚弗·汉森,"亚弗,给企业集团打电话,让他们运过来一架。"

"这就去!"亚弗马上去往通信大楼往内陆拨了电话。

与此同时,在汤姆和汉克的指挥下,绞车和支臂被放置在一块岩石上,靠近巴德和汤姆将第一个箱子搬上岸的地方。安置好后,斯威夫特企业集团的大型货运喷气机已在岛屿飞机场上着陆。

真空推举器很快被卸下来,用卡车运到了岸边。汉克将推举器和加速器固定一起,并将电缆和便携式发电机连在一起,等一切准备好了,汤姆和巴德就会穿着胖人装备下水将真空推举器连到箱子上。

"你们两个现在坐船下去,查找推举器应下到的精确位置,行吗?"汉克问汤姆和巴德。

"马上就去!"汤姆说。

码头上有一艘划艇和一支涂满防辐射物质的船桨,汤姆和巴德跳进了划艇,用船桨划了几下就到达地点了。他们两个都觉得这大约就是那个洞穴口的上方。

"好!就是这里!"汤姆喊道。

汉克打开了开关,将加速器旋转至正确位置。两人看到它缓缓入水，但当他们突然看到起重索时吓坏了！这台重型机械如一条准备袭击的大章鱼朝他们重击过来！

"快跳！"汤姆喊道。

紧要关头，他和巴德一头扎进了水里，游了20米后才浮出水面，挤了挤眼睛，想要甩出眼中的海水。

巴德挤出了一个微笑："还好我们反应够敏捷，不然我们现在会比鲭鱼死得更惨，天才！"

"快点，巴德！从水里出来！我们得赶快找医生，让他给我们全身做个辐射检查！"

他们爬进了船里，划到岸边，冲向了医务室。两个小时后起重索修好了，两个人又开始计划。

"怎么样了？"汉克问。

"我们干净得就像纯蜂蜜一样。"巴德说，"我们准备好再进去了，我的胖人装备在哪里？"

他和汤姆爬进入了胖人装备里。"给我们一会儿时间下去，然后给你们信号。"汤姆对汉克说完，关上了他的观察板。

他们打开阀门放了一下胖人装备水箱里的水，然后就又在这个钢制蛋状的胖人装备里坐好，不一会儿，他们就开始往下沉。

他们一看到洞口就关上了阀门，然后推着自己往海底悬崖走去。

第五章 核弹头巡逻

箱子都不翼而飞了！

"汤姆！"巴德通过声呐电话喘着气说，"有人知道我们要来！"

"对！"汤姆说，"而且我已经很清楚地知道是谁了——藏这些核弹头的人！"

"你认为他们已经知道我们要把这些箱子运上去了吗？"巴德问。

"我肯定是这样的，他们一直在监视我们。"汤姆咬紧牙关，"四处都看看吧。"

但是洞穴里没有丝毫线索，除了箱子全然不见的事实，匿名的不法分子没有留下一丝踪迹。汤姆比以往更加担心，他下令浮出水面。

回到岸上后，他直奔医务室，给父亲讲清了来龙去脉，斯威夫特先生听到消息后十分沮丧。

"你最好赶快将这件事情告诉我们在海军情报处的朋友，霍普金斯上将。"斯威夫特先生说。

往W城的长途电话打通后，霍普金斯上将答应立即行动。"我会动员所有可用潜水艇，在我们的海岸搜查其他的窝藏点。"他告诉年轻的发明家，"多亏你的警告，我们有可能会阻止一场灾难的发生！"

汤姆承诺他发明的直升机也将在此次搜查中进行援助，它可以到达一些传统潜水艇无法到达的深度，在更深的海水中潜行。他的一个喷气式潜水艇还可以在费林岛周围的海水中进行搜查,以免更多的核弹头箱子被私藏。

快到第二天下午6点时,汤姆、巴德和已经痊愈的斯威夫特先生向留在费林岛的克莱斯比博士和鲍勃告别,其他人启程回家。3人坐着巴德的红色敞篷汽车从企业集团的机场前往斯威夫特家。

汤姆纤细美丽的妈妈和他的妹妹桑迪都在门口热烈欢迎他们。

"啊,你们能安全回家我真是太高兴了。"斯威夫特夫人边说边拥抱着他们。

"高兴见到我么,桑迪?"巴德咧嘴大笑。

"每个女孩都喜欢看到约会对象,不是吗?"桑迪调皮地反击。她眨着蓝色眼睛调皮地说:"我想你是过来蹭饭的吧?"

在令人愉悦的宽敞客厅里,还有个女孩等着要欢迎来客——桑迪的老同学,菲利斯·牛顿。菲利斯是个头发乌黑的漂亮女生,有一双爱笑的眼睛,她是斯威夫特先生长期助理奈德·牛顿叔叔的女儿,她和桑迪都比这两位男生小一岁。菲利斯是汤姆的女朋友,两对情侣经常一起去参加晚会和跳舞。

"你们两个人这次海底潜水给我和菲利斯带什么宝藏了吗?"桑迪高兴地问。

"海底太深没有珍珠。"汤姆说,"但是巴德会告诉你关于他发现海盗箱子的故事，他还没来得及把金币带来，箱子就被别人偷走了。"丰盛的晚餐有烤火鸡和苹果派加冰激凌，斯威夫特先生和两个男孩讲述着各自的冒险故事，但是他们都没有讲到藏在费林岛下核弹头的故事，他们害怕汤姆的妈妈和两个女生担心。

"我真希望这次的氦气计划不会让你们离家太久。"斯威夫特夫人说。

斯威夫特先生爱意有加地对着妻子笑了笑："不用担心，亲爱的玛丽，一旦完成勘察任务，我们就会回来的，不会多逗留一天！"

第二天一大早，汤姆开车前往斯威夫特企业集团的实验室，在这里狂热地研究着他的斥力装置。

第一个模型的电子线路在他们前往黄金之城前就已经设计好了，但他的脑海中又充满了改良的想法。

在画出新的电路图后，汤姆开始着手将一批管子、电晶体、电线、电容器和电阻组装起来。

不到十一点钟时，巴德也过来了。尽管他很少能够理解汤姆的发明，但这位年轻的飞行员一直以来都对他这个拥有高产大脑的朋友所创造的神奇发明充满好奇。

"你进展得怎么样了，机长？"他问。

汤姆放下了焊枪，擦了一下额头的汗水："不管怎样，改良实验模型几乎完成了，祈求好运吧！"

第五章 核弹头巡逻

巴德盯着小巧但缠绕在一起的电路部件，摇了摇头："我看着像意大利面。"

汤姆大笑起来："其实十分简单，这个装置只有6个主要部件。"

"挨个说一遍吧——只为了让我困惑也好。"巴德说。

"好吧，首先，这是探测器，帮助我们在想要排出的任何东西里探测到辐射，目前也就是水，分析器将辐射分解成各个成分，放大器放大信号强度，还有反相器将辐射正好转变为反相位。"

汤姆停顿了下，冲着巴德笑了一下，巴德已经两眼放光了："接下来就是功率放大器来制造输出电波，最后一个是辐射体，用来发送辐射，排出海水。"

巴德深叹了一口气："我从信号放大器那就跟不上了。"他说。

汤姆轻笑了下："没事，巴德，它工作起来你就会认识了，我突然想起有个任务交给你。"

"听从安排，老板！"巴德一边笑着一边敬了个漂亮的军礼。

"快到费林岛走一趟，准备好直升机再来一次航行。这次我们要带上全体企业集团员工，包括摄影师。"

"我们要做什么？"巴德问，表情变得严肃，"要采集更多的氦气样品吗？"

"不，我们要采集氦气区域周围的海水样品。"汤姆解释道，"我将精确分析一下海水分子结构，来合理制定制作全尺寸斥力装置的计划。"

"怎么了，机长？没想到一个够好的解决方法吗？"巴德问。

"盐水在不同区域也是不同的。"汤姆说。斥力装置必须有一个排出海水的精确样品。

巴德点了点头："好吧，兄弟，我马上就去！"

他赶到企业集团机场，汤姆又继续工作。快到正午时，新机器实验模型终于可以用淡水试验了。汤姆在金属外壳安装了一个电子底盘，辐射体被放入了一个闪着银光的球里。

他打开开关，将球体放进了一个装满蒸馏水的水箱内。令他高兴的是非常成功！球周围的水都被驱走了，球体置于空气中，与原来一样干燥。

这时墙上的电话响了，汤姆把斥力装置放在一旁继续运行，然后走过去接了电话。

"小汤姆·斯威夫特。"他开始说。

但他突然听到身后一阵玻璃打碎的声音，吓得他直喘粗气！

第六章 海底跟踪狂

汤姆转过身来看发生了什么？水从水箱里冲了出来，冲到了工作台上，冲得满地板都是，屋子里的其他几瓶蒸馏水被狠狠抛到了墙上，碎了一地，墙上和地板上满是水和碎玻璃。

"现在不方便讲话！请一会儿再打！"汤姆大声说。他将电话挂断后，冲到实验室桌前，关上了斥力装置。

尽管混乱一片，汤姆忍不住会心地一笑，经过改良，他的设备远比想象的要好很多！设备不仅能排出辐射球体周围的水，而且简直能将辐射球体甩出水箱，甚至将几瓶水甩出16千米以外！

"唉！"汤姆忍俊不禁，"如果能将如此气势，应用在氪气矿井上，我可能要小心了，它可能会造成海啸！"

当他开始清理破碎玻璃时，乔·温克勒急匆匆地跑进了实验室。

"我的原子马鞍啊，发生了什么？"这位老人气喘吁吁地说，"听起来像是这里有一头阉牛在捣鬼！它在哪？我要宰了它!"

"放轻松,老前辈。"汤姆笑了,"只是我的新发明斥力装置。"

"什么装置?"

"斥力装置。"汤姆说。

这个矮胖的厨师怀疑地怒视着他:"如果那是一个新门卫,你最好赶快烧掉他,趁他还没有破坏其他东西!"

汤姆一屁股坐在了凳子上,笑得前俯后仰:"不用担心,乔,它不是活的,那只是我的新发明。"

"用来打坏东西的?一定是个有趣的小东西!"乔盯着工作台上这个看起来奇怪的装置,"我想你一定是在跟我开玩笑,是吧,汤姆?"

"不是的,乔。"汤姆说,"这台装置实际上是用来排水的。"

"好吧,那它当然很有用了!"乔环顾四周滴着水的墙壁和地板上的水坑,挠了挠头说,"但为什么要以大草原的名义,你想要搞得一团糟吗?这和玩具水枪有什么不同?"

"恐怕不行,乔。"汤姆说,"你看,我们正在试图寻找办法从海下34米的矿井中获取氦气,但为了在那里进行如此大规模的操作,我们必须制造一个很大的大气空间,这样我们就可以在山脉上操作了。"

"你的意思是它会制造一个大型气泡?"

第六章 海底跟踪狂

"对。"汤姆点了点头,"我们会在里面,身体不会变湿!"

乔那饱经风霜的脸颊被沙漠的太阳晒成了深褐色,就像是皮革一样,他惊奇地喘着气说:"天啊,我会变成尾巴梳刘海的北美野马吧!想一想就够了——这帮家伙都住在一个气泡里!"

"像您这样有经验的太空牧童还担心什么。"汤姆笑着说,"连小月亮都去过了,那上面根本没有空气呢!"

乔想起了他们最近的幻影卫星太空之旅,他咯咯地笑了起来:"亲爱的小行星啊,真是了不得!但是我觉得住在气泡里肯定不一样,太伤脑筋了!要是鲸鱼鼻子戳到厨房怎么办?"

"你应该请它喝一杯茶。"汤姆说。

"那还不够。"乔呻吟着,"暴风雨来临时,成群的鱼儿可能会一窝蜂地席卷而来!"

汤姆大笑不止。"严肃点,乔。"他赞同这一点,"我们可能需要在我们的氦气之城里安置一些鱼屏,但是目前我专心于研究如何大规模排去海水,如果那实现了,我将会考虑安置一个保护层。"

"你想要在海底建座城市?"厨师惊讶地问道。

"配置必须足够大才行。"汤姆承认,"除了要有全方位斥力装置外,必须有钻孔设备、员工宿舍、气箱。"

"厨房呢?"

"会有一个的。"汤姆保证,"但是你需要换种方法做饭了。"

"此话怎讲?"

"水里没有盐,和我们周围的海水相似。"汤姆简单地解释道,"然后斥力装置会把它从空气圆顶中拽出来的。"

乔看起来很不高兴,他说:"该死,那你期望我怎么经营一个体面的餐厅?食物尝起来又会怎样?"

"我相信你能解决的。"汤姆笑着说,"你依旧可以烘烤油炸,还可以用罐器。"

乔只是轻蔑地哼了一声,汤姆继续说:"任何非纯净水或者盐水都可使用,如牛奶、可可、果汁。至于清洗,我们就用超声波机器,就像很多工厂一样。"

乔说:"好吧,但是我怎么办?我很确信我不想在气泡里工作,我的血液里会进很多盐水的。"

"那不同。"汤姆说,"那并不是在海洋里,所以你很安全。"

乔放心了,然后便离开了。

汤姆中午吃了乔用午餐手推车给他带的汉堡和鸡蛋汤后,就又回去研究斥力装置了。他改善了功率放大器,就可以加强对斥力功能的控制,不会再对工作台造成任何损坏。

汤姆从实验室椅子上坐起来,伸展了一下自己僵硬的肌肉。"好啦,至少新的实验模型已经弄好了。"他表现得十分

满意,"现在要去趟矿井做一些工作。"

汤姆拿起电话,打给企业集团飞机库。"准备好一架飞机起飞,迈克。"他告诉了机长,"准备一架特种鸽子飞机,我要飞往费林岛。"

斯科特·麦格克盖尔,工厂的一名摄影师,身材瘦小。汤姆打给了他:"把深海相机拿给B号飞机库。我们要驾水陆两用直升机巡航,你负责拍摄海底山脉神秘的照片,其余人负责观察地势,选择一个地点建立城市。"

"是,机长!"斯科特高兴地回答道。

20分钟后,他们坐着汤姆选的流线型双座飞机准备出发。特种鸽子是由奈德·牛顿叔叔管理的斯威夫特工程公司所制造,是市场上倍受青睐的轻型飞机。

汤姆和斯科特一到火箭基地,就冲进庞大的飞机库里,企业集团的四架直升机都在这里停着,他们在这里看到巴德和一群修理工在修理海洋猎犬。

"一切都进展顺利么?"汤姆问。

"他们一检查完转子轴承我们就可以起飞了。"巴德说。

"做得好!我会挑选一些员工。"

除了巴德、斯科特和另外两名政府化学家,汤姆从基地挑选了3名水陆两用直升机的工作人员。

离开前,汤姆问霍普金斯上将他的计划,并问他这片区域是否会有海军潜水艇。

"不会有的。"霍普金斯说,"另外,我们的人没有找到任何核弹头窝藏点。谢谢你的通知,一路顺风。"

很快汤姆和同伴们坐着海洋猎犬穿过大西洋向西滑行,大约离氦气矿井60千米远时,汤姆潜入水中,这样斯科特就可以拍一些海洋生物的照片——这可是他的爱好。

"啊,那将会是多壮观的照片啊!"他感叹道,突然,一只挥着翅膀张着嘴巴的海怪出现在他的视野里。

"那是一条天使鱼。"汤姆笑着说。

突然巴德看到了一架声呐直升机,他大喊:"我看到了一艘潜水艇!它在跟踪我们,机长!"

汤姆紧皱眉头,那一定是一艘外来潜水艇,看上去不友善。他走到望远镜处亲自确认雷达上显示的这一点。

"从你第一次看到它到现在一共多长时间了?"汤姆问。

"只有几分钟。但是它一直在同一航道上稳定行驶。"

克莱斯比博士也走过来,他的眉头紧皱,说:"如果它继续跟着我们,汤姆,我们就会直接把它引到氦气矿井处,我们的秘密就泄露了!"

"也许我们可以甩掉它。"汤姆将喷气机开到最大速度,指针指示器显示时速达到185千米。"怎么样了,巴德?"汤姆问。

第六章 海底跟踪狂

"还在跟踪我们!"巴德说。

汤姆将速度降至一半,神秘的潜水艇也跟着减速,时速降到18千米时它还在后面跟着。

汤姆十分愤怒,再一次加大油门,70千米还是没能甩掉这个海底跟踪狂。

"他们在做什么?玩捉人游戏吗?"巴德咆哮着说。

"他们休想坐收渔翁之利!"汤姆咬牙切齿。

汤姆向右转动船舵,他快速改变航道,背着氪气矿井的方向行驶,十分钟过后,这艘不明潜水艇仍尾随在他们的后面。

汤姆打开了声呐电话,通过话筒说:"海洋猎犬呼叫不明潜水艇!你能听到我讲话吗……海洋猎犬呼叫跟在后面的潜水艇!"

电话那头没有任何回答,汤姆用国际编码进行了一场舰对舰对话,不明潜水艇仍然没有反应。

"看上去他们并不想要友好地谈话。"鲍勃严肃地说。

"我将会向下行驶,看看会发生什么。"汤姆低声说。

汤姆轻轻一按,他将原子反应炉加大马力,然后当转子嗡嗡地加速时,他又向前推动控制轮,然后水陆两用直升机就像一块石头一样坠入了水中。

汤姆想要在神秘潜水艇下面航行,然后将它甩开后再返回至原来的航道上航行,但是令他失望的是,声呐直升机显示跟踪他们的人仍在信号范围内。

"好吧!来一个真正的测验吧!"汤姆说,"我倒是要看看这艘潜水艇到底有什么本事,这也许可以给我线索知道它究竟是哪个国家的。"

握住方向盘,年轻的机长继续向下降,向下,不断向下。舱外水越来越黑,不明潜水艇仍旧尾随着他们。

"天啊!它到底能往下潜多深?"巴德困惑地说。

很快两艘潜水艇都到达了海底,汤姆有一阵不祥的预感,他想:其他国家的潜水艇竟可以到达相同深度甚至拥有相同的水中芭蕾,而A国政府竟全然不知。

"准备好摄像,斯科特!"汤姆果断说道,他决定原路返回,然后出其不意地绕过该潜水艇,但要避免任何正面冲突。

汤姆突然向下猛地一降,来了个急速转弯。掠过神秘潜水艇时,他打开了海洋猎犬的探照灯,灯光刺破了黑暗。

"抓住它!"斯科特大喊。

"现在我们要让他们觉得我们要返航了!"汤姆告诉他,将喷射器火力全开。

第七章　蒙面人

水陆两用直升机浮出水面,随后便直线前往费林岛,很快他们就离开了南大西洋。

"我们要回去吗?"巴德问。

"那要看我们是否能甩掉那艘潜水艇了。"汤姆说,"我现在要再下去趟,然后找找看。"

他潜下水然后开始返回去氦气区域,过了数千米后他如释重负地舒了一口气,再也看不到神秘潜水艇的踪迹了。

"我想我们已经摆脱它了。"他说。

大家顿时松了口气并齐声喝彩。

"太棒了,汤姆!"克莱斯比博士大喊,"我想我们的氦气秘密还是安全的!"

"但愿如此。"汤姆说,他心里并不太确定,他知道神秘潜水艇的幕后操纵者对他十分感兴趣。

与此同时,斯科特已经洗了那艘潜水艇的相片,胶卷在防水相机里就可以用化学方法处理,照片打印也只需一分钟。摄影师不愿打断汤姆，等到现在才给他展示照片。

"看一下，机长！"

其他人也都聚过来趴到汤姆的肩上看，神秘的潜水艇形状犹如鲸鱼，尾巴的设计可以看出它是喷气推进的，丝毫没有可以表明身份的标志。

"真是个怪物！"鲍勃·安克尔说，他指的是它那矮墩墩的膨胀的外表。

"我们叫它'疯子'莫比吧。"巴德开玩笑说。

"它看起来可能很好笑。"汤姆说，"但是不要忘记那个小玩意可以飞行——可以潜水！我可以看出它也可以载很多货物。"

"比如核弹头？"克莱斯比博士说。

"不知道。"他说，想起了费林岛的窝藏点。

在一片沉思寂静中，他们继续向前行驶，没有一丝'疯子'莫比的踪迹。到达氦气矿井后，巴德和鲍勃进入胖人装备，开始在整个氦气气泡领域收集大量不同深度海水样品。

同时，汤姆尽可能地将海洋猎犬开到离海底山脉近的地方，克莱斯比博士则帮忙粗略画这片地域的地势。

工作完成后，汤姆离开了，仍旧沉醉于瞒骗神秘潜水艇的得意之中。

很快他们在空中航行一段距离后就到达了费林岛。他们一到火箭基地，就马上赶到汤姆的实验室中一起分析海水

样品。

同时,汤姆安排将鲸鱼形状的潜水艇照片通过斯威夫特私人视频网络立刻传给国防部。30分钟过后来自海军情报处的紧急电话打了过来。

"汤姆,我们已经检查了所有可能的来源。"霍普金斯上将说,"但是最近发表的《珍妮的战舰》或其他权威刊物都没有看到它,而且我们从没听过国外有这样的潜水艇。"

汤姆看了一眼巴德,脸上闪现出担忧的表情,他靠近坐着,然后说:"上将,从神秘潜水艇的性能看,它可以超过世界上其他任何一艘军事潜水艇。它可以和我的水陆两用直升机下潜一样的深度,至于速度,我们只能勉强超过它!"

上将的声音十分严肃:"这是一个紧急的消息,我们通知巡逻队加强警戒!"

挂了电话,汤姆将海军没能找出神秘潜水艇身份的消息告诉了巴德。过了一会儿,巴德苦笑着说:"汤姆,如果那艘潜水艇追踪不到,或许那是你的外太空朋友来地球准备潜水旅行呢!"

"我真希望你说的是真的。"年轻的发明家说道,"那样事情就简单多了。"

汤姆想到了有一回,一枚来自外太空的黑色导弹降落在了企业集团的事情,导弹里携带着来自另一个星球生物的信息。最终汤姆和他的爸爸成功和发信人取得了联系,他们希望有朝一日可以亲自来到地球。但是首先他们需要克服冲破地球大气的问题。

在外星人突破该问题的实验过程中，他们送了第二枚携带该星球生物的样品火箭。

后来他们将一颗小行星移动到地球周围的轨道上，但目前为止，他们显然无法将斯威夫特告诉他们的有关地球大气和到达这里他们需要什么的信息翻译出来。

汤姆和巴德一起飞回企业集团，带回了关于氦气领域周围海水样品的分析。

他们降落在庞大的实验站时已经是晚上7点多钟了，大多数工作人员工作了一天都离开了，只有少数还在飞机场值班。

"快啊，我带你去肖普顿吃牛排。"巴德边说边朝着红色敞篷车走去。

汤姆摇了摇头："谢谢，但是斥力装置还需要一些改善，一会儿我就去。"

汤姆坐上了一辆吉普车，开往私人实验室。

他根据从氦气领域所提取出的水分子结构马上对斥力装置重新进行改造。

"嗯……看起来斥力装置的辐射探测仪需要全部重新设计一下。"他低声说。

很快工作台上扔满了写着计算公式的草纸和杂乱无章的电子零件，汤姆十分投入，完全忘记了吃饭一事。

第七章 蒙面人

几个小时过去了，窗外月亮滑过天际，很快便夜已过半，汤姆暂时停下了工作，疲倦地伸了一下筋骨。

"天啊，都已经2点50了！"他看了一下挂钟说。

汤姆离开工作台，走向了一台放在电子仪器边上的小型模拟计算机前来检验一个等式。

在他身后，实验室的门轻轻地被推开了，汤姆没有注意到，一个穿着长袍、戴着兜帽的人悄悄溜进了房间，他从长袍里掏出了一把锤子，一锤砸向斥力装置，砸了个粉碎！

汤姆听到了剧烈的金属撞击声，立刻回头看，还没来得及动，蒙面人又一击彻底将斥力装置粉碎！

汤姆愤怒至极，他扑到了蒙面人的身上，一只手紧紧地抓住他，另一只手在工作台上摸索着东西来防卫。

汤姆还没有找到武器，蒙面人就又用锤子朝他的头上狠狠地敲了下去！

汤姆呻吟一番后倒在了地上。

恢复意识后，汤姆无力地摇了摇头，他努力地盯着挂表，最终可算是看清了时间。

"才2点55分！"他低声说，"我昏迷时间不长，如果我快点，或许还能赶上那个魔鬼！"

汤姆摇摇晃晃不能站稳，他走到了有线广播墙板处，手指戳了一下开关，在整个企业集团实验站里拉响了报警系统。

汤姆·斯威夫特和深海保护罩

第七章 蒙面人

"听着!"他喘着气说,"所有人提高警惕,敌人就在站里,一个戴着兜帽的人!"

汤姆使出最后一丝力气,刚说完最后一个字,就昏倒在了地上!

第八章　暴露真相的线

汤姆一醒来就闻到了一阵淡淡的乙醚和消毒剂的味道,他眨动着眼睛,看到了白色床单和金属床架横档。他是直着坐的,他在企业集团的医务室里!

"谢天谢地,你可算是恢复意识了,儿子!"斯威夫特先生在旁边轻声说,他紧紧握住汤姆的手,然后汤姆才意识到全家都围在他的床边,辛普森医生在后面。汤姆虚弱地挤出了一个微笑,他感到头上绑着绷带。

"亲爱的,我们都很担心你!"汤姆妈妈说,然后弯下腰来亲吻了他的脸颊,"还好辛普森医生说你很快就会康复了。"

辛普森医生安抚地笑了笑。"是的,他会的,斯威夫特夫人。"然后他又笑着说,"汤姆是个坚强的孩子,头部撞击不会给他带来任何后遗症的。"

辛普森走向前,抓住汤姆的手腕,看了看自己的手表,几秒钟后他说:"脉率正常,感觉饿吗?"

第八章 暴露真相的线

"我可以吃下一头牛了!"汤姆笑着说,"刚想起来——昨晚我没吃饭。"

"没吃晚餐!"辛普森医生啧啧地表示责备,"那就是了,没进食,没休息,不仅是那一击使你昏迷这么长时间,还有身体本能提醒你该充电了。"

他边按了一下床头的按钮边说:"好好吃一顿午餐,你就会又感觉精力充沛了。"

"午餐!"汤姆急得简直要暴躁起来,"嘿,现在几点了?"

医生笑着说:"几乎晌午了。"

"啊,天啊,我不能一整天都待在这儿!"

汤姆掀开被子,就要起床,但是桑迪坚决阻止了他。

"现在你待在这别动,你想旧病复发吗?"

"但是那个戴着兜帽将我打昏迷的人!"汤姆急切地说,"他抓住了吗?"

斯威夫特先生摇了摇头:"恐怕没有,儿子,一个夜班警卫找到了你,安保人员把工厂的每个角落都搜了个遍,但是整个工厂连一个陌生人的踪影都没有。"

汤姆沮丧地看着他的爸爸,呻吟道:"那就意味着我们员工里一定有内贼!"

"我知道。"斯威夫特先生严肃地说,"想到自己的员工对我们使坏,我很难过。"

家人否定了汤姆的急切抗议后,又开始劝他躺下休息。汤姆感觉到自己有些虚弱,于是便叹了一口气,顺从了。

很快一名护士端上来一盘香气扑鼻的午餐,看到汤姆津津有味地吃饭,全家人都满意地微笑着。然后为了让他再多睡几个小时,家人们都先离开了。

汤姆等到家人们都走了,一把抓起床头柜旁边的电话,拨给哈伦·艾姆斯,企业集团的安保部部长。

"我是汤姆,哈伦。"他说,"有任何关于破坏者的线索吗?"

"目前还没有。"艾姆斯难过地告诉他,"如果你感觉身体完全好了可以讲的话,我想要了解整个故事。"

汤姆简单地给他讲述了事情的整个过程。

"好吧,看起来像是内部问题。"艾姆斯说,"我已经把你的实验室锁起来了,等你好了可以和我一起去。"

"现在就可以去!"汤姆说。他跟艾姆斯保证他现在感觉好很多了,"食物已经使我活过来了。"

然后他给巴德·巴克利打电话。"伙计,给我派来一辆吉普车。"他紧急请求,"病人已经准备好要兜风了。"

"头上的伤怎么样了?"巴德担心地问,"辛普森医生已经允许你下床了吗?"

"不要担心我,我很好。"汤姆向他保证,"如果我确认蒙面人没有偷走我的斥力装置设计图和公式,我会感觉更

第八章 暴露真相的线

好的!"

汤姆急忙穿上衣服,迅速跑出了大厅,刚从医务室前门溜了出来,巴德已开着吉普车停在了门前。

"多棒的病人啊!"巴德挖苦地笑着,"我肯定要是辛普森医生发现我帮助你逃跑一定会大大表彰我的!"

"赶快离开,别闹了。"汤姆笑着说,"你可以告诉他我用皮下注射器把你给制服了!"

汤姆驾驶汽车,快速路过北飞行跑道,驶向井然有序、分层的玻璃实验楼。

艾姆斯早已在汤姆的私人实验室门外等着了。

"看到你没事我真高兴,机长。"他问候着汤姆,"头怎么样了?"

"伤口不大但很深,还有伤疤。"汤姆打开了门,他们走了进去。

粉碎的斥力装置还在工作台上,旁边还有计算公式草纸和速写草纸。

"显然刺客没有带走任何东西。"艾姆斯说。

"这些东西他要了也没用。"汤姆回答,"我担心的是我们原来的计划。"

汤姆从口袋里拿出了一把电子钥匙,快速按了密码组合,然后将灯照向钢制箱子上,门开了,他将手伸了进去,拿出了一捆蓝图。

"还在!"汤姆欣慰地感叹道。

艾姆斯得知汤姆的新发明仍旧安全,他很满意并开始在实验室里进行指纹搜集。不幸的是,门把手已经被夜班警卫触碰,所有橡胶板上的可见指纹也都在救援者过来救助汤姆时全被擦去。

突然艾姆斯听到了汤姆的一阵兴奋呐喊声。

"有什么发现?"他问。

汤姆手拿着一小撮缠在一块的线,看起来像是从一块布料上撕下来的。

"你在哪找到的?"艾姆斯问。

"在地板上,就在工作台旁。"汤姆说,"可能是在我和入侵者厮打的过程中扯下来的,等一会儿,我把放在显微镜下看看!"

汤姆走到另一张桌前,他把线放在镜头下,然后透过目镜,调整旋钮。

"过来看一下。"过一会儿他说。

艾姆斯和巴德都过来观察,显然这块布是由深蓝色和白色棉线所织。

"能想到这场布料可能来自哪吗?"汤姆问。

艾姆斯紧皱眉头。"不是件普通衣服。"他的眼睛睁得很大,一边弹着手指一边说,"会不会是飞机场机械师?他们的

工作服就是这样的材料织成的。"

这个提示使巴德沮丧不安,在飞机库员工里有很多是他的朋友啊,但是他还是同意赶快确认一下。

咨询过员工工作分配表后,汤姆打了两个电话,一个打给从12点到早晨6点值班的塔台工作人员,另一个则是负责管理飞机场的地勤员工领队,两个都是斯威夫特组织的老员工了。

结合他们的陈述,很明显只有3个人有机会趁无人注意从工作岗位上溜走,他们分别是史密斯、多纳斯和尼夫曼,3个都是E飞机库的员工,实验室飞机就停在这儿。

汤姆挂断了电话,将这一消息告诉了两个同伴。

"要让我把他们叫过来审问一下吗?"

汤姆摇了摇头:"最好不要,如果其中一个就是,他可能会起疑心,试图逃离城镇,我们等到他们今晚值班吧。"

那天晚上,汤姆和巴德在斯威夫特家吃完饭后,便回到了工厂。

据报告,这3个机械师值晚上10点的班,晚班打卡时间过了30分钟后,两个人在安保大楼接到艾姆斯,一起去往E飞机库。

他们走进去后,高大健壮的多克·史密斯正在焊补一个机身光滑急速喷气式飞机的加力燃烧室。

"嗨，机长！"他高兴地向汤姆打招呼，看到了巴德他又笑着说，"你在这儿做什么呢，飞行员？"

"飞机——我离不开他们。"巴德嘲弄道，"你工作服上的破洞是在哪刮的？"

"什么破洞？"一看到裤子上的破洞，史密斯看起来十分惊讶，"噢，那个呀，我也不知道，可能是在飞机引擎罩里弄的。"

另外两个机械师在飞机库忙着修不同零件，汤姆、哈伦和巴德轮流询问着他们3个，且尽量保持自然友好。

很难相信他们中一人会残忍地袭击汤姆，但是事实是没有一个人可以提供不在场证明。

飞机库很大，到处都是飞机和机器，也就是说大多数时间成员是看不见彼此的。3个人都说前天晚上铃一响他们就疯狂地冲到飞机场上了。

他们搜查了橱柜，发现没有带兜帽的斗篷衣。但汤姆觉得，犯罪分子来上班时不可能躲过主大门的检查，将它私运进来。

艾姆斯突发奇想，问米尔特·托纳斯现在飞机库里的飞机是否昨天夜里也都在这。

"我不知道。"米尔特，一个寡言的中年男子说道。

"白天有飞机飞行吗？"

"没有吧，你可以查一下挂在墙上的飞行表。"

第八章 暴露真相的线

在汤姆和巴德帮助下,艾姆斯开始搜查飞机库里的每一架飞机,几分钟过后,巴德将头从一架新设计的载物喷气式飞机船舱探了出来。

"找到了!"他发出嘘声,手里拿着一件黑色带着兜帽的大衣,他说这件看起来诡异的大衣被塞在了机械师座下看不见的地方,兜帽上挖出了两个圆孔眼。

"等会儿!"艾姆斯小声说,他检查了大衣然后递给了汤姆,他赶回去又看了一下飞行时间表,过了会儿又回来,脸色十分可怕。

"这是在凌晨两点钟试飞期间发生的,当时的飞行机械师是鲁本·尼夫曼。"

气氛变得紧张不安,十分安静,两人和艾姆斯彼此看着对方。

尼夫曼是他们要找的人吗?在试飞期间,他完全可以把大衣扔到货舱里啊。

"好吧,把一切都了结了吧。"汤姆轻声说,他对于逮捕一个曾经倍受信任的员工没有任何兴趣。

3个人走过来,尼夫曼停止工作抬头看着他们,他快三十岁,又瘦又高。

尼夫曼脸变得煞白,当他看到使他露馅的大衣时,他的眼睛里充满了恐惧。突然,他从工作服口袋里掏出一把枪,没有人能阻止他。

"别动！"他喊道，"你们不会给我留活路的！别再靠近，不然我就开枪了！"

第九章　推举器上！

尼夫曼疯狂地挥动着手枪，汤姆和其他两个同伴吓得直往后退。倍受信任的机械师突然变成了一个拿着武器的疯子！

"放下枪！"哈伦·艾姆斯命令道，"快，放下枪！"

"你别想吓唬我！"尼夫曼声音又高又尖，"这把枪装满了子弹，我告诉你！试试看，我会杀了这个飞机库里的每一个人！"

听到他的尖叫声，多克·史密斯和米尔特·托纳斯丢下了工作冲过来看看发生了什么，但是看到威胁性的武器他们一下僵住了。

"现在你看，尼史曼。"汤姆冷静地说，"你没有什么好怕的，我们想和你谈谈，交出枪，我保证你不会受到任何惩罚。"

汤姆抬起头，淡然地往前走了一步。

但是尼夫曼又一次挥动着手枪。"我警告你，不要再靠近。"他尖叫着，"否则我要开枪了。"

汤姆没有露出一丝害怕的神情,往前走了一步,又一步,艾姆斯和巴德屏住呼吸。

"我警告过你!"尼夫曼喊道。他四处挥动着手枪,手指就在扳机上。

砰!一人开了枪,然后陆陆续续他们都开了枪,子弹在飞机库里疯狂地喷射。汤姆躲在了最近的飞机后面,然后扑在疯狂的机械师身上,抓住了他的枪头。

尼夫曼反击,用力从汤姆紧握的手中扳回手枪。巴德和哈伦跃过来援助汤姆,几秒内他们合力使尼夫曼跪倒在地。汤姆和巴德一起按着他的手臂,艾姆斯给他戴上了手铐。

机械师意识到自己无处求助,彻底崩溃了,开始歇斯底里地哭泣。然后他发疯似的胡言乱语:"汤姆·斯威夫特,你在试图破坏自然规律。你不能斥力水——那样整个世界将会被淹没,人们的生命将会被消灭。"

尼夫曼怒视着汤姆,3名逮捕者意识到他已失去理智,完全没有理会他的指控。

"你认为我们应该怎么处理他,汤姆?"哈伦·艾姆斯问。

汤姆回答:"在这种情况下将他逮捕未免太不近人情了,我们还是把他送到医务室吧。"

机械师现在太虚弱走不了路,汤姆、巴德和艾姆斯扶着他并载着他去往企业集团医务室,辛普森医生给他注射了镇

静剂。

等到病人听不见了,汤姆问:"你认为我们现在能从他的口中得到理智的回答吗?"

辛普森医生摇了摇头:"恐怕不行,他很快就会进入深度睡眠中,由于暴露受到惊吓,造成了他精神错乱。可以等到他能清楚讲话的时候吗?"

一片沉寂中,汤姆和巴德、哈伦一起离开了医务室。汤姆又有一个新的担忧,尼夫曼提到了"斥力水",也就是说他知道了汤姆最新发明的目的,但是他是怎么知道的?除了两名化学家和一起做这个项目的几个极其信任的人,也只有汤姆的家人和他最好的朋友知道斥力装置了!

走向主大门的路上,汤姆把这告诉了巴德和艾姆斯。

"我现在就去查查尼夫曼的情况。"艾姆斯说,"或许他的朋友或者邻居可以告诉我们除了工作时间他最近都干了什么。"

"好,明天见,哈伦,多谢!"

汤姆坐着巴德的敞篷汽车带着他一起回斯威夫特家,他们疲惫地倒在了床上。第二天早上汤姆去了放置斥力装置的大楼,检查了即将应用在海底氦气矿井的大型设备。

"几乎可以将这精细的设备安装了。"领班报告说。

"太棒了!"汤姆笑着说。

然后,汤姆去见了斯威夫特企业集团的项目工程师阿特·

威尔特萨，他将会设计特殊抗压透明的空气圆顶来密封海底气泡，防止鱼类或者其他外来物体进入，空气圆顶将用托马塞特，一种防辐射的塑料制成，十分坚硬且耐用，由斯威夫特先生发明。

巴德很多天都很少看到自己的密友。一天早上，巴德在找汤姆时，无意溜进了实验大楼底层的一家机器商店，该店主营锻造机器和机械工具，汤姆经常在这里构建自己发明的每一个模型。此刻，汤姆正在专心于自己的新发明。

巴德盯着它看，然后说："先别告诉我这是做什么用的，让我猜一猜。"

他们说的这个物体有金属台架，大约0.5平方米，周围的翅膀和叶片展开，中间有一个发光的金属球体。

"继续。"汤姆看到朋友困惑的表情，笑着说。

"好吧。"巴德拖着声调说，"我觉得它是个大象抓痒耙。"

汤姆笑着说："不太对，它是一台海底推举器。"

"怎么说？"

"一台在空气圆顶和海洋表面间上下拉东西的海底推举器。"汤姆解释道，"靠电缆滑动。"

巴德惊讶又安静地摇了摇头，然后问："用什么驱动？"

"斥力装置，这个金属球体在机器辐射部分的中心。"

巴德急忙说："我还以为斥力装置是用来排斥水的，从而营造一个适宜生存工作的空间。"

"主要的斥力装置是那样的。"汤姆说,"这个会在推举器周围营造一个气泡空间。"

"但是你刚才还说它会使推举器上下移动。"

"它也有那样的功能,通过改变气泡的浮力。"

"你还是给我画图吧。"巴德说。

"好吧。"汤姆很快画了艘小船,"假设这艘船由金属制成,重达1000吨,它漂浮着,但是如果将它压缩成一大块固体金属会发生什么?就像这样?"

"它会沉下去。"

"好,固体金属不会比船重,但是它会大大减少占水空间,换句话说,如果你将东西压缩,它会在水中占据更少面积,浮力也会变小——或者说更易下沉,你也可以这么说。"

巴德点了点头:"所以呢?"

"所以,我们会对推举器周围气泡做相同的事。"汤姆解释道,"通过减少斥力装置的动力,我们将气泡压缩成更小的体积,推举器就会自动下降。"

"好,但是怎样再使它上升呢?"巴德问。

"再把斥力装置加足动力,气泡现在就会变大,占据更多水面积,这样推举器就会上升了。"

"啊,那我会像鬼一样飞得快!"巴德叹服地摇了摇头,"不知道你是怎么做到的,天才,但是听起来真的很神奇。那这周围突出来的翅膀呢？是要做什么的？"

"稳定器，用来使推举器上下时保持稳定，这里底部有一个减震器来减小推举器到达停靠平台时所产生的震动。"

"太棒了，伙计！"巴德拍了拍他朋友的后背，"什么时候我们才能试一下呢？"

"明天早上。"汤姆笑着说，"要一起吗？"

"是个好日子！"

那天下午，年轻的发明家又往首都打了长途电话，他和霍普金斯上将通话后，问他接下来的24小时内费林岛附近是否会有海军潜水艇。

"我认为没有，汤姆，但还是让我亲自检查来确认一下。"一会儿他又打了过来，告诉他确保那片区域没有人。

"为什么？想到什么新主意吗？"霍普金斯上将问。

"我要做个海底实验。"汤姆解释道，"只是想确认没有潜水艇来混淆我们找到破坏者，我们要带鱼雷一起飞。"

第二天早上，汤姆和巴德将推举器设备卸在载物喷气式飞机上，然后他们就飞往费林岛，辛普森医生一起前往以防实验过程中出现意外。

"尼夫曼怎么样了？"汤姆问。

"还是老样子，总是睡，醒了也是胡言乱语，什么也说不明白。"医生说，"但是我想这样的情况只是暂时的。"

第九章　推举器上！

他们在火箭基地着陆后，推举器被系在了小型拖船上，汤姆邀请了克莱斯比博士和鲍勃来见证这个试验的进行。所有人都上了船。

拖船开到了一个离岛屿不远的地方，测深仪显示深度为45米，一个吊杆挂着推举器电缆线，并将其穿过滑轮组降到水中，然后一个重型框架紧紧连在上面，将它们牢牢地固定在海底，等待着汤姆到达。

"好，固定推举器吧！"汤姆指挥道。在汉克·斯特林的指挥下，推举器固定完毕，鲍勃请求第一次降落让他一起下去。

"当然可以。"汤姆笑着说，"但是那可不像坐摩天轮！"

推举器向导爬到电缆线旁后，汤姆、巴德和鲍勃走到了平台上，然后推举器开始下降，直到它接触到海水表面，汤姆的心紧张地跳个不停，他低声说着："走！"然后按下了加大斥力装置动力的按钮。

在拖船上观看的人吓得惊叫了一声。一个巨大的水涡凹陷下去，就像巨大的涟漪，在水表面荡漾开来，正好在推举器下方及其周围绽开！

"解开套绳！"汤姆指挥道，第一次成功后，他激动不已。

一会儿，推举器在水波涟漪中准备就绪，由斥力装置持续提供动力。

"我们要下去了!"汤姆慢慢地反向旋转按钮,减少斥力装置作用力。

随着动力减小,推举器开始下降。同时,涟漪也变小了,3个人慢慢地降到了水波之下,海水淹没了他们的头顶,他们完全被水泡所包围了!

鲍勃喘着气说:"哟!这是什么感觉!"

巴德说:"好奇怪。"他们开始往下降,穿过绿幽幽的海水。

不一会儿,海底清晰可见,绿幽幽的植物缠绕在一起。推举器操作成功,汤姆忍不住开心地一笑。

巴德突然惊慌地喊叫着:"汤姆,快看!"他指着,一艘鲸鱼形状的潜水艇以惊人的速度径直朝他们开来!

"神秘潜水艇!它要朝这边撞过来!"鲍勃喊道。

汤姆一脸煞白,他迅速关闭开关,推举器及时关上了!一阵抖动过后,潜水艇从他们下方呼啸而过。推举器破出水面后,汤姆胸腔十分疼痛,鲍勃和巴德也都弯下身子痛苦地翻滚。

"快,把他们送到船上!"辛普森医生对一脸惊恐的拖船船员大声喊道,"他们这是减压病!"

第十章　低温冻结

一阵匆忙之中，汤姆、巴德和鲍勃被拉到了拖船的甲板上。每个人都知道他们这样是因为压力骤减造成的，辛普森医生立即给他们注射药剂减缓痛苦。

"我们必须将他们送往岛上！"医生说，"他们需要立即接受治疗。"

"但是我的发明呢！"尽管疼痛，汤姆依旧反抗，"我们不能就这样把它抛在这了！"

"我们会留在这里将设备卸载下来的，机长。"汉克答应，"你们四个乘坐机动救生艇。"

设备降落了下来，3个伤员在里面舒服地支撑着，辛普森医生掌舵，他们立即返回费林岛，与此同时拖船用无线电汇报了他们在这里遭遇不幸的消息，一辆救护车在南码头上等着。3个人被急忙送往了医务室，并被推进了手术台。

"现在这是要干什么？"巴德疑惑地看着准备好的一大桶冰。

"降温。"医生辛普简单扼要地说。

巴德一脸苦相:"太可怕了。"

医生说:"放轻松,我们只是要冻结你们而已。"

"冻结我们?"3人异口同声。

辛普森医生点了点头,便快速准备好麻醉设备:"我们要将你们的体温降至23℃,直到你们的循环系统恢复正常,并且要一直保持该温度,你们不会有什么感觉的。"

巴德呻吟:"我已经失去知觉了!"

庆幸的是,尽管3人都很痛苦,但情况并不严重,他们只潜到了30米,第二天,汤姆和他的朋友便被送往三人病房,好好疗养。

"有人来看你们了,你们想见吗?"辛普森医生过来看他们恢复怎样时说道。

"当然,快让他进来!"汤姆说,他长期不运动变得越来越坐立不安了。

巴德说:"等会!如果是克莱斯比博士或者是其他专家,不要一来就计算化学公式,不然我又该痛了!"

医生笑着打开了门,原来是斯威夫特夫人、桑迪和菲利斯。

"哇!我感觉好多了!"巴德感叹道,笑眯眯地看着桑迪。

"好了,别乱动了。"她警告巴德,眼睛神采飞扬,"不然我就告诉医生,再把你冻结!"

第十章 低温冻结

随意的一个玩笑逗笑了大家。菲利斯脸特别冲着汤姆，微笑地说："你们3个看上去都完全恢复了，谢天谢地！"

她和桑迪把从肖普顿带来的水果和饼干拿出来给他们吃。

汤姆问妈妈："爸爸怎么样了？"

斯威夫特夫人说："完全恢复了，他现在在大本营做一项特别研究。你爸爸说你需要自己一人继续进行氦气项目了。"大本营是斯威夫特家在西南部的一个原子能工厂。

汤姆微笑着说："有鲍勃、巴德和克莱斯比博士帮我，会很顺利的。"

汤姆妈妈微笑着点了点头："你很幸运有这么多好人帮你，但是也要照顾好自己，多休息！"

正如所有了解斯威夫特夫人的人一样，鲍勃也被她的娴静魅力所折服。他大声地说："我会照顾汤姆的。"

然后，他们一一回答了桑迪和菲利斯的问题，讲述了他们最近所遭受的各种不幸，但是他们并没有提那艘本想要撞他们的潜水艇。

汤姆解释道："推举器操作十分完美，只是我让它上升得太快了。"

"现在告诉我们你们两个都做什么了，我希望你们拒绝了其他所有约会。"

"天啊，你真是想得太美了！"桑迪戏弄地说。

菲利斯眼睛炯炯有神，她笑着说："毕竟，你们还在考验中！"

两个人假装生气，鲍勃·安克尔笑着说："朋友们，你们被打败了！"

第二天，因为他们感觉好很多了，辛普森医生便放他们从医院出来了。鲍勃要回到矿务局继续做报告，于是汤姆和巴德跟鲍勃说了再见，汤姆便和朋友飞往肖普顿。

他们在去往内地的路上掠过水面时，巴德问："你认为那艘潜水艇就是那天跟踪我们的那艘吗，或许有一群'疯子'莫比？"

汤姆严肃地看着巴德说："巴德，我真希望我知道答案，但是不管是不是同一艘，我担心的是他们是否携带了核弹头。"

巴德说："你是说那艘潜水艇打算把核弹头再次藏到此处，只是无意碰到了我们？"

汤姆说："可能是，我希望我们能够阻止他们！不管怎样，我们的巡航可是很有效率的。"

年轻的发明家沉默了一会儿，然后说："你知道的，巴德，有个地方我更担心。"

"比如？"巴德问。

汤姆说："那个临近氦气矿井的山脉，如果我们的敌人在那里窝藏核弹头，然后意外引爆，那我们的整个操作将全然毁灭！"

第十章 低温冻结

巴德轻轻地吹了一声口哨:"天啊,我们应该做好防范措施,机长。"

"我打算这么做,如果我能把这边事情安排好,我们明天就出发。"

他们一降落在企业集团,汤姆就赶回了工作台,许多和氦气之城相关的问题都急需解决——一个空气净化厂、气体收集流程、原定内部建筑构造。

汤姆在压力之下,头脑似乎以最高速度运转着。接连几个小时,他一会儿弓着腰、一会儿检查零件和电路连线图、一会儿草拟他的想法、一会儿又匆忙写下备忘录、接电话。

其中一个来自斯威夫特家出色高效的秘书特伦特小姐,她让汤姆顺路过来签一下斯威夫特先生离开时留下的一批信件。

"3点到。"他答应。

汤姆放下工作,开着公司吉普车到企业集团的主楼,他和爸爸用同一间现代化大办公室。宽敞的办公室里摆着几张大桌子,一个个闪闪发光的发明模型,安有皮革坐垫的椅子还有自动化绘图板。

汤姆在信件上签完字,急忙跑向门外,冲特伦特小姐微笑了一下。

"如果有人打电话,就说我在斯威夫特工程公司,我想去看一下氦气工程的镁梁。"

汤姆跳进了跑车,他穿过城镇,驰向工程公司,其经理奈德·牛顿从老汤姆·斯威夫特年轻时就一直跟随他。

汤姆穿过大门进入公司飞机场时，看到了一架流线型小飞机在上空疯狂地表演，汤姆吓了一跳，那是特种鸽子。

"但愿那不是桑迪！"汤姆喘着气说，他想到桑迪说过她要给一个潜在客户展示飞机表演。

汤姆等不及了，赶到控制塔前，一次迈两个台阶快速往上爬。

"谁在那特种鸽子里？"他问。

"你妹妹，但是我想她遇到麻烦了。"

汤姆抓起了一对耳机，通过话筒说："桑迪！发生什么了？"

"哦，汤姆，是你呀！我不知道，飞机失控了，我试图使它恢复正常，然后降落。但是它一直倾斜，我修不好它。"

"妹妹，你能稍微往外爬一下然后用降落伞下来吗？"

"不行，汤姆，我——我——我什么也做不了！"

"那我上去给你个梯子，然后你爬进我的飞机里！"

话刚说完飞机就突然下降了。"我想我能着陆了。"桑迪说。

飞机旋转降落，汤姆和调度员都吓得瞠目结舌，但是过了一会儿，桑迪成功使它平行坠落，并从里面出来！

"天啊！"调度员张着嘴巴，他的衬衫已被汗水湿透，"如果桑迪……"

第十章 低温冻结

汤姆没有听他说完,就已经从控制塔楼梯上下来了,他冲向飞机场,他看到他妹妹从飞机里出来,身体在抖动,但没有受伤。

"谢天谢地!"他大声说。

桑迪投入哥哥的怀中,十分高兴,她抖得厉害,但是没过多久,就又恢复平静了。

"汤姆!"她突然大声喊,"你知道我在想什么吗?我在想一个人,我要指挥飞机毁了他。"

"为什么?他在哪?"汤姆问。

"我在飞机库跟他分开,他说他想让我一个人上去,因为他想看看鸽子在空中是什么样子的。"

汤姆急忙说:"我们这就去找他!但是什么使你觉得他就是那个破坏飞机的人?"

桑迪解释:"嗯,就在我们要上去前,这个人打电话给我,想要预约演示,他跟我说了很长时间的话。"

桑迪停了一下,怒视着一个飞机库,她说:"我就是在那儿跟他分开的。"

调查显示事实:桑迪一坐上飞机那个男人就离开了飞机库。而且桑迪接电话期间,陌生人至少在座舱待了有10分钟。

"我想你的预感是对的,妹妹。"汤姆说,他把眼睛眯成一条线,"给你打电话的人可能是共犯,两人合伙要杀了你!但是我会抓住他们,等我……"

桑迪一把握住了汤姆的手。"汤姆，别变得跟他们一样危险，否则，你就永远建立不了氦气之城了！"她提醒汤姆。

汤姆稍微冷静一下，然后他报了警，桑迪向警长描述了嫌疑犯——个子瘦高、头发一侧留很长，他说他叫鲍鲁斯·怀特；通话者声音尖细，叫弗斯韦·韦伯斯特。

通话结束后，汤姆说："快走吧，妹妹，我现在就送你回家。"

回家的路上，他们试图弄清谁会想要伤害桑迪，汤姆说："但愿跟我现在的工作没有关系。"

"怎么可能？"桑迪问。

汤姆的脸顿时严肃了起来，他说："如果你出事了，很长时间内，我可能都无心再继续这个项目了，或许那就那两个罪犯所希望的。"

警察没有找到叫怀特或者韦伯斯特的人，他们觉得这两个名字是伪造的。而桑迪经过一夜漫长的睡眠，说感觉好多了。

汤姆十分欣慰，忍不住要戏弄一下自己的妹妹："没法把好女人一直留在地面，也没法让她一直待在空中。哈哈，总之今天着陆快乐！现在我要去看一下另一位病人了。"

他赶回企业集团医务室见辛普森医生。

"尼夫曼怎么样了？"汤姆问。

"不是很好，我强迫使他镇静，不强迫他时，他总是很

第十章 低温冻结

暴力。"

"他的诊断呢？"

辛普森医生呻吟："很难确切地说，他出现了明显的精神分裂症。"

汤姆问："那意味着在这件事之前，他已经神志不清了？"

"不好说。这可能由药物造成，比如麦角酸，或者一种肾上腺素衍生物。我有一种预感，有人给他注射这些药物，使他有足够胆量毁灭你的发明。"

汤姆问多久药效会没。

"很快就会没了，可能明天之内或者两天内。"医生回答。

那天晚上回家的路上，汤姆若有所思，忧心忡忡的希望尼夫曼能在海底山脉巡逻结束前讲话。

"然后我就不仅可以找出那些人，还有怀特和韦伯斯特——魔鬼！"

第二天早上汤姆和巴德飞回费林岛，这里海洋猎犬已经准备好要起飞，一架运输飞机会跟随他们，载着巨型真空推举器，十二个空铅箱，大小形状都跟装核弹头的箱子一样。这是汤姆的计划，如果找到了窝藏点，就用新箱子将他们偷换。

很快海洋猎犬便朝着大西洋出发，后面跟着运输飞机，巴德操控水陆两用直升机。当他们临近目的地时，他驾驶水陆两用直升机潜入水中,并向氦气领域前进。不一会儿,他们的探照灯便扫视着山边的高原。

突然巴德大喊:"汤姆,气体不见了!"

连个从水底往上升的氦气泡都没有!

第十一章　山脉藏点

水陆两用直升机所有员工都挤到窗前看，汤姆将探照灯来回摇晃，黄色的灯光照耀在漆黑的海水里，没有看到一丝氦气踪影和覆盖的矿井，脸上显露出的尽是沮丧的表情。

"真倒霉！"鲍勃·安克尔呻吟道，"储备的氦气一定是用完了！"

"不能这么快！"汤姆愁眉不展，"或许这个地点不对。"

巴德说："肯定对，看一下海图，前面也有海底山峰。"

"那也不能完全证明。"汤姆坚持道，"如果我们偏离航道，我们就可能会到达一个相似的地点，我用电子导航器检查一下。"

汤姆专门为海洋猎犬发明了这个设备，它能检测出声呐脉冲频率变化，来确定船艇的速度，然后在海底漂浮，电脑将这一信息转换，加上罗盘方向，双刻度盘上会显示出经纬度读数。

年轻的发明家从衣物柜里拿出紧急工具箱，拧开了检查板，然后他检查了电子电路，检验了不同的零件。

鲍勃看着汤姆愁眉不展，问："有什么问题吗？"

"我不确定，但是我有预感，周围海水干扰了测量仪上的读数显示。或是受海底高压影响，也可能是因为一些电子化学作用干扰了脉冲发射机。"

汤姆决定返回费林岛后对其做些测试，他控制着探照灯，然后巴德到海底山脉斜坡上巡查了一番。

过一会儿，鲍勃大叫："这里有氦气！我可以看到气泡！"

当他们看到鼓鼓的气泡稳定上升时，全体人员都欢呼雀跃起来。

"天啊，这下可放心了！"鲍勃感叹道，"我真的担心了好一阵！"

"我也是！"汤姆终于放轻松笑了。

"现在该怎么做，机长？"巴德问。

汤姆接管控制："我们会搜查整个山脉，绝不放过一个窝藏的箱子，兄弟，你负责照着探照灯，每个人都看清是否有核弹头箱。"

一个多小时里，汤姆驾驶着直升机，一会儿降落，一会儿上升。结果证明相比其他领域，附近顶峰的斜坡上确实有更多隐蔽的地方。

第十一章 山脉藏点

突然,一名员工叫道:"向右靠一点,巴德,然后向上几度,我好像在洞口看到了什么!"

汤姆减小定向喷气的速度,巴德操控着探照灯,黄色灯光刺破黑暗,在主顶峰突出的峭壁上停住,悬崖壁上一个黑漆漆的洞孔清晰可见。

汤姆将直升机转过来,向洞孔靠近,到达悬崖的时候,海洋猎犬探照灯光照着悬崖,里面一堆灰黑色箱子!

"太好了,杰里,看起来这像是我们要找的东西!"汤姆拍着另外一名员工的后背说。

汤姆将控制器交给巴德,然后爬进了胖人装备里。他从气闸室出去,驱动着胖人装备进入了洞里,他在岩石上看到了一个据点,摇摆着往里进。

"怎么样,机长——发现更多的箱子吗?"巴德通过声呐电话说道。

"有10个!"汤姆说。

他回到海洋猎犬,命令水上的人,让他们立即与运输飞机联系。

令人吃惊的是,天气突变,海洋直升机一浮现,山脉附近的白色浪花击打着他们,愤怒的乌云笼罩着整个天际,狂风吹打着,使滂沱大雨鞭打在机舱的窗户上。

巴德抓着一根支柱,喘着气说:"老天啊!打开防水布,兄弟,真正的战争开始了!"

一阵雷电打来,船艇来回震动,一会儿,一片巨大的锯齿形条痕雷电又照亮了船舱,海洋猎犬像一只慌张的海豚一样来回颠簸,不断倾斜!

"飞行员,怎么了?不晕船了?"汤姆戏弄巴德说。

巴德快乐的笑容很快就消失不见了,他的脸颊微呈变绿色。"不但晕船。"他哽咽了一下,然后说,"我似乎感觉我的胃也不在了!"

汤姆和其他机组成员扫视着灰蒙蒙的天空,但是并没有看到运输喷气机。

汤姆说:"我用无线电试一试。"

他打开发射机,通过话筒说:"海洋猎犬呼叫斯威夫特喷气机!能听到吗?"

静电噪音十分严重,根本无法听到任何回应。这样耗费时间做一些无用的搜寻,可能会导致全体船员晕船,汤姆决定先潜入水中等着,直到暴风雨停止。

30分钟后,他将船开出了水面,天空晴朗,海水平静了许多。还是没有运输飞机的踪影,但是很快,他们便在远处看见了它。

亚弗·汉森用短波汇报:"我们被吹出了航道,你们找到核弹头了吗?"

巴德形容了他们在海底山峰找到的藏点:"准备好真空推举器,我们会带你到达正确位置。"

几分钟后，海洋猎犬直接到达了洞口。

汤姆拿起话筒。"以我们为参照物，开始往下降落。"他指挥道，"海底水流湍急，所以我们可能会遇到麻烦，等我给你信号后你再打开开关。"

"明白，机长！"

运输飞机装上了和蓝天女王相似的悬停式喷气装置，亚弗一直操控着飞机，直到它和水陆两用直升机排成一列。然后他锁住了控制板，飞机机身打开了一个舱口，一个推举器机盘进入视线，由钢索吊着。

机盘离海洋猎犬船体只有几米远，在等着降落的过程中，汤姆拿出了一个浮标，将它和一台连着水陆两用直升机声呐电话的电缆线系在一起，这样它便能够通过飞机无线电通信传达信息。

"我们要下去了。"汤姆通过无线电通信说道，"过几秒钟后，重新降落。"

汤姆眼睛迫切地盯着仪表刻度盘，然后灵活地向前移动控制轮，海洋猎犬直线下坠到海底，亚弗和机组成员从空中飞机里看到它从海面上消失。

"好，向下降！"汉森告诉他的成员。

水陆两用直升机不断往下，到达了海底深处，与此同时，推举器电缆线就在上方平稳地回卷着。

到达海底山峰洞口时，汤姆调整了反转喷气设备，使水陆两用直升机往后退一些，从而使探照灯能够照亮整个操作过程。

"嗨，推举器机盘怎么了？看不到它了。"巴德低声说。

汤姆说："或许急流将它冲出了视线，晃一晃探照灯。"

巴德照着做，终于他们在离左舷一百码远处看到了一台机器，悬挂在光缆线终端，海底急流将机盘像钟摆一样来回摆动。

"快将曲柄停下来！光缆线都快用完了。"汤姆发出信号。

亚弗说："我们到达目的地了吗？"

"机盘还没有，但是我们会看着办，先在旁边等着。"

一个经验丰富的水陆两用直升机飞行员奇普·凯利来驾驶直升机。汤姆、巴德和鲍勃纷纷爬进了胖人装备里，摇摇晃晃地走向气闸室，一会儿便从外部舱口潜入了水中。

在海洋猎犬探照灯耀眼的灯光指引下，他们操控着钢蛋状的胖人装备，向真空机器移动。他们和机盘都承受着强大的水压。巴德和鲍勃比汤姆先到推举器前，他们发现用机械手臂很难操控这台机器。

"这东西还真是喜怒无常，想要等汤姆叔叔啊！"声呐电话里传着巴德的咯咯笑声。

汤姆回答："就在你身边，兄弟。"

他们一起牢牢握住机盘，然后将推进喷气式飞机火力全

开,成功举了起来。

他们顶着强大的水压,朝着悬崖边上的洞口前进。

他们在海水中行进时,海洋猎犬旋转其探照灯灯光,以便一直照亮他们前进的道路。

汤姆说:"现在到了最难对付的环节。"

他们将推举器送入了洞口,靠近其中的一个箱子。从机盘的边缘伸出分节的触角,就像章鱼的触角一样。每一个触角都有很多孔,通过这些孔,推举器停下来时,通过真空泵可以产生巨大吸附力。

他们将机盘平放到箱子的上方,触角准备好要抓起它,然后汤姆通过海洋猎犬声呐电话发出信号。

"好,我们一切准备就绪,通知飞机打开开关,将它吊起来!"

一会儿,真空推举器便发出了响亮的嗡嗡声音,钢索开始往回卷。

箱子被拽出洞口时擦到了岩石上,一个触角被撞松动了,鲍勃伸出他的缩放式手臂要将箱子放好。

一秒钟后他大叫一声:"救命!我动弹不了了!"

鲍勃在推举器机盘上悬挂着,又在钢制蛋状的胖人装备里来回摆动,无力动弹,迪斯克将化学家跟铅箱一起往上拽!

"停止上升!"汤姆大喊,海洋猎犬接收了他的信号。

慢慢地,钢索又到头了。经过一番操作后,笨重的载物被

汤姆·斯威夫特和深海保护罩

放置在洞口边上,然后电源关闭,这样鲍勃就可以自己出来了。

"你在做什么——单臂高空荡秋千?"巴德嘲弄道。

"当然,你想要看怎样的水下马戏表演?"

开关又一次打开了,这一次,箱子顺利地升起,机盘将装着核弹头的箱子换成空铅箱子后,就又降落了下来。

整个操作过程看起来十分漫长,因为汤姆、巴德和鲍勃得返回海洋猎犬两次才能休息一次,给胖人装备充足氧气。

汤姆通知飞机:"好,大功告成,我们出发去费林岛吧。"

水陆两用直升机冲出水面后,巴德通过无线电发布了最后一条信息给载物飞机:"快速飞往费林,亚弗!最后一个回去的要接受'水疗法'!"

"那就意味着我们有机会把你扣在水中了,你输定了,飞行员!"

喷气飞机掠过蓝色的天空,巴德紧追不舍,他加快转子旋转,机体冲破了天空,两人不相上下,他们掠过海洋,但最终海洋猎犬领先到达。

喷气飞机后30秒到达飞机场,巴德洋洋得意地说:"啊哈,现在轮到惩罚了!"

亚弗愿赌服输,大家都迫不及待想要看扣水,所以,他们征用了一辆大卡车到了南码头。

所有人都挤下车到达码头后,亚弗笑着说:"好吧,把我扔下去吧!"

巴德看着这个身高一米八的硬汉,他突然意识到他赔大了,又是流汗又是喘着粗气,他尝试着将亚弗用手臂抬起来。完全没用!最后,这两名飞行员都掉进了水里,溅起了巨大的水花。

全体员工一阵大笑,汤姆大声喊道:"我已经拍过照了!"

与此同时,铅箱被运到了火箭发射地的铅覆盖混凝土贮仓里,20分钟后,巴德、亚弗和两名化学家穿着防辐射制服,准备打开箱子。

9个箱子里装的是和费林岛藏的同类型的核弹头,但是当汤姆撬开最后一个箱子时,他的脸变得煞白。

他大喊:"所有人,快跑!可能会爆炸!"

第十二章　一顿出其不意的晚餐

一伙人惊慌失措！他们疯狂地跑出了混凝土贮仓，他们跑了很远后才发现汤姆没有跟他们一起出来。

"他在做什么？"巴德惊恐地大声喊道，然后往回跑，"汤姆！快出来！汤姆！"

就在这时，汤姆屏住呼吸，小心翼翼地合上箱盖。他刚才看时注意到箱子装满了致命的核裂变物质！

"我可能一打开箱子它就爆炸了，里面一定有类似感触器的设备。"汤姆集中精力地想着，"最好赶快把这东西封起来！"

他小心翼翼地抱着箱子，放到一辆手推车上，然后将它运到了一个铅容器里。他用一根杠杆将这个箱子与其他的隔离开来。

"这下应该没事了。"他长叹了一口气说。

然后，他插上了辐射吸收机器，并设置了定时器，当污染指数超过安全标准时，警铃就会在通信联络系统内部拉响。

汤姆的朋友们在离混凝土贮仓几百米的上方焦急地等待着他,他们劝巴德不要去。最终令人欣慰的是汤姆出来了,他紧紧地将门锁上,拿出了电子钥匙,朝他们走过来。

"你还好吗,朋友?"巴德问。

汤姆回答:"我很好,但是混凝土贮仓的温度比大火炉还要高。"他简单地解释了箱子里的辐射物。

"这可比核弹头还要残忍。"克莱斯比博士义愤填膺地说。

汤姆点了点头,紧紧抵住嘴巴说:"我要马上将我们的发现汇报给海军。"

巴德驾着吉普车,他们一起去往总部大楼。他们通过斯威夫特家专用线路打给霍普金斯上将,汤姆和巴德回到办公室等候。

等到电话接通,汤姆告诉上将:"我们又找到了一个核弹头藏点,我想你一定想立即知道。"

"当然,汤姆,藏点在哪?"

"就在我们要开发的氢气矿井的旁边,发现了10个箱子,其中一个藏着核棒,只要一打开箱子它就会释放有害辐射。"

电话那头,汤姆可以听到愤怒不已、咬牙切齿的咒骂声,显然对于这个窝藏核弹头箱子的不知名的敌人,霍普金斯已经努力抑制没有说出对他更尖酸刻薄的话。

海军官员大声说:"汤姆,如果我们找到了罪魁祸首,我

第十二章 一顿出其不意的晚餐

们就把他当疯狗一样对待！"

汤姆笑了，然后严肃地说："我在想他们是不是已经发现我们在找他们藏的东西，并且想要歼灭我们。"

"猜得很对。"霍普金斯上将说，"尤其昨天晚上我们的一艘潜水艇发现了另一个藏点，箱子里装满了炸弹。"

"在哪发现的？"汤姆问，"在东海岸？"

"不是，在我们在最大国防基地的附近发现的，箱子没有藏很深，炸弹一旦爆炸，成千上万人民将会因此死之。"

汤姆一想到如此可怕的浩劫就毛骨悚然。"还有另外一件事，上将。"他接着说，"我们用空箱子换了他们的箱子。"

"好主意，汤姆我会命令海军潜水艇也这么做，这样就不会惊动敌人，我们已经发现了他们的邪恶仪器。"

汤姆和上将通过话后，巴德问："有坏消息吗？"

汤姆点了点头："又找到了一个藏点，我们一定要揪出这背后到底是谁搞鬼，巴德！"

"不要担心，机长，我们会揪出他们的！"

巴德的话中夹带着一丝坚定，令汤姆重拾信心，但是对手的捉摸不定令他困惑不已。

"我们接下来要做什么？"巴德问。

"回到肖普顿，我们去飞机场，然后坐上飞机。"

他们到达公司后，汤姆请巴德来实验室协助他。

他的朋友笑了笑说:"我想我可以做体力活。"

汤姆一头钻进小型便携的斥力装置工作之中,完成后,它便可在不同浓度的盐溶液中工作。两人在下班时间仍专心工作,这时大多数员工已陆陆续续从正门走出。

过了一会儿,乔从门口探出了头说道:"有些人从来都不知道怎么休息。"

汤姆惊讶地抬起头看:"嗨,乔,快告诉我,现在几点了?"

"已经七点了。"

汤姆吹了一下口哨:"天啊,我已经没有灵感了!我觉得我们应该回家吃个饭,怎么样,巴德?"

"非常适合我。"这个健壮的年轻飞行员边放下菲利普头螺丝刀边说道。

"先等一下,伙计!"乔提议,"你们哪也别去,为什么不让我给你们做一顿饭,我最近好像很少见到你们!另外,我想你们一晚上都在工作,所以,我要给你们做一顿真正丰盛的晚餐,使你们充满能量。"

这个老人家此真诚,两个人都被他的体贴入微所感动。

汤姆笑着说:"谢谢你,乔,真是太棒了,我们可以享受你的超级豪华套餐。"

"快来吧!"这个厨师笑开了花。

第十二章 一顿出其不意的晚餐

"但是小心周围的这些新奇玩意儿。"巴德嘲弄道,"它们可能会把食物颗粒的营养分子亚原子化,特别是在达不到超高温的条件下。"

"不用你们操心。"乔又反过来笑着对他们说,"你们开玩笑呢,无论如何,我想这边没有发明可以做出这种风味的食物!"

乔依旧笑着,然后赶快回到了工厂的厨房。

汤姆立即打电话给妈妈,并向她解释今晚不回家了,然后彻底完成斥力装置的工作,又去了实验室的一个很远的角落看了一些建筑计划,是他答应爸爸会交给亚弗·汉森的。

与此同时,巴德很快将屋子打扫干净,他将工具收起来,将工作台上乱成一堆的电子零件分了一下类。他们听到实验室外传来尖锐的口哨声。

"乔,低点!"一个粗嘎的声音说道。被太阳晒成古铜色的矮胖的厨师出现了,他推着装满美食的小车。

他们在一个实验室旁边的小餐厅里就餐,乔将餐桌上布满了雪白色的餐布、餐盘、杯子和银餐具。然后他打开了汤锅盖子,冒出一股水蒸气,飘着勾人食欲的香味。

"嗯!闻起来好香!"汤姆说,"这是什么?"

"这是犰狳汤。"乔一边舀起汤一边骄傲地说,"我想这一定是你们喝过的最好喝的汤!"

汤姆脸色苍白,说:"我不知道我以前是否尝过。"他小心翼翼地说，不想伤害老人家的感情。

"当然你之前没有尝试过这样的食物，因为我是前些天才想到的。"

巴德用怀疑的眼神盯着这碗汤："你的意思是说你直接将动物园里的甲壳类生物炖了？"

"哦，我将壳去了。"乔对他说，"就是半生半熟的嫩肉，有的人就喜欢这个味道，你们也会喜欢的，快尝一尝，"

"好吧，但是我真的希望营养分子成分没有被亚原子化。"

"别搞笑了，赶快尝一尝，我想看你们吃东西时的表情——"

乔的话还没说完汤突然从盘子里流了出来，他尖叫了一声。

"天啊！"乔的脸吓得煞白，他盯着空盘子和溅满汤的墙，说，"你是在说怎样把有营养的蝌蚪亚原子化！"

两人捧腹大笑，抽动地难以讲话，终于汤姆可以说出话来了。

"别担心，乔，直觉告诉我这背后一定有魔术师巴克利！"

他将手伸到下面，他从桌子下面的架上拿出了新型便携斥

第十二章 一顿出其不意的晚餐

|105|

力装置，巴德坦白他是主谋，承认他刚才轻轻按了一下按钮，他将一匙汤放在斥力装置上作为样品。

"我的靴子跟啊！我就知道背后有人捣乱！"乔抱怨道，他擦了擦前额。

晚餐继续，虽然犰狳汤味道不同寻常，但是两人都觉得很可口，其他的食物也都很美味。两人用各种华丽辞藻夸赞了乔的厨艺，他十分开心。

"我想我可以接受这样的玩笑，只要我在为懂得欣赏美食的人做饭。"

汤姆将构造设计图拿到亚弗的办公室，在大楼很远的一个角落，巴德帮乔清理盘子还有汤撒在墙上的污渍。老厨师闲荡了一会儿，然后又闲聊，最后推着餐车走开了。

巴德将斥力装置拿回实验室，然后将它放好。他开始用一块铜给桑迪做人造珠宝别针来消遣。

渐渐的，一阵奇怪的感觉席卷而来，他的喉咙又干又痛。他放下手中的工作，坐在了一个凳子上，感觉整个屋子都在眼前晃来晃去。

"汤姆！"他急忙喊道，他的声音沙哑低沉。

没有人回答，巴德内心一阵恐惧，神经开始紧张起来。他试图从凳子上起来，但是他摇摇晃晃站不稳，他这是怎么了？

"救命！"年轻的飞行员惊慌地叫喊着。

第十三章　尼夫曼的故事

汤姆走在回实验室的路上，刚到大厅就听到了巴德的救命声，他十分惊讶，马上跑着过去。

"巴德！怎么了？"他大喊，飞奔进入了实验室。

他的朋友在工作台下蹲着，他低着头，汤姆一个胳膊勾住巴德的肩膀，将他扶起，以便可以看到他的脸，巴德的双眼无力地眨着，脸颊发红，发烫且很干。

"巴德，讲话！天啊，告诉我发生了什么！"汤姆说。

"我……我……不知道……"巴德的声音越来越小，下巴动弹不了，嘴巴大张。汤姆惊慌地发现巴德的舌头又黑又肿。

"天啊，他怎么了？"汤姆绝望地想着。

汤姆从墙壁容器里拿出一个纸杯，他试图从实验室龙头接水，但是令人惊讶的是，没有一滴水出来！

汤姆突然想到：斥力装置！或许是它开着，将这个房间里的所有水都排斥了，包括巴德身体内的水分！

汤姆横穿过实验室，他检查了巴德从餐厅拿回来并放到工作台上的斥力装置，仪器竟然低档开着！

"可怜的巴德，他脱水了！"汤姆大声地说。

他关上了开关，然后赶忙跑到水池再试一次接水，这一次，水龙头响了几下又咯咯几声后，水终于出来了。

汤姆接满了一杯水，将水杯举在巴德的嘴边。他贪婪地大口大口喝下，然后含糊地说着还要喝。汤姆照做后，将他轻轻靠在工作台边上。

他努力使朋友放心："你一会儿就会好的，巴德！我马上叫辛普森医生过来。"

他打电话给医务室，和医生说了一会儿，然后给厨师乔打电话："乔，马上准备，拿些盐过来，多拿点！"

"好的，老板，发生什么事了吗？"

"巴德生病了，得赶快让他好！"

乔到了后，放下了几袋盐。汤姆将实验桶装满了温水，然后脱去巴德的衣服。

"天啊！他发生什么了？"厨师害怕地喘了一口气。

"斥力装置开着，它的探测器出了问题，持续发射出一种辐射，巴德身体组织被摄取太多水分。"汤姆解释道，"把盐倒进水里，我们让他泡会儿。"

乔的手颤抖着，他用折叠刀割开盐袋，然后将盐倒入桶里，最后他帮助汤姆将这个几乎丧失意识的病人抬入桶中，使盐水渗入他的皮肤。

他们将他抬进去后,辛普森医生也赶到了,他检测了巴德的体温、脉搏和呼吸。

"你认为他会渡过难关吗?"乔颤抖着说。

辛普森医生说:"当然会,他只是需要将失去的水分补回来。"

他们也拿了水给巴德喝,从急救箱里拿了一瓶嗅盐在他鼻子前晃,30分钟后,巴德感觉好多了,坚持要从浴桶里出来。

"哎!我都干了什么傻事啊!"巴德说,"我一定是在放东西的时候无意间碰到了开关。"

巴德穿衣服的时候,医生坚持让他去医务室再休息会儿,并做进一步的检查。

"你要一起去吗,汤姆?"医生问,"鲁本神志清楚了,他现在能说话了。"

"太好了!"汤姆说。

巴德躺在床上后,汤姆和巴德一起前往尼夫曼的病房。尼夫曼坐在了床上,他看上去平静了很多,眼睛里不再那么奇异呆滞。

"我真的很抱歉之前所发生的一切,我会尽我所能来弥补的。"

"看到你好了,我们很高兴,鲁本,有人在背后指使你吗?"

"是的,一个名叫加尔文·卡莱瓦拉的人。"

尼夫曼说道。他在一个当地餐厅认识了卡莱瓦拉医生，谈话中，尼夫曼告诉这个医生他一直肌肉酸痛，医生便免费给尼夫曼治疗并给他药，但是显然他就是利用这次溜进尼夫曼公寓的机会，对这个机械师施催眠术进行控制的。

"直到刚才我才意识到这些，这段时间我一直相信卡莱瓦拉所说的每句话。他告诉我你发明了一台毁灭人类的排水机器，并且不断告诉我一定要毁掉它，偷取计划。最终我的意志力和理智变得如此薄弱，答应了他。"

"但是我破坏了你的机器，又将你打倒的那晚上，我感觉眩晕，不敢乱逛寻找蓝图，便回到了飞机库，吃了点药，继续工作了。"

汤姆问他："你知道克勒娃劳格的计划吗？或者他是怎么打听到排水机器的？"

"不知道。"

汤姆很确定这个催眠师关心这位手下只是个幌子，但是这背后的目的是什么？

他问："医生，你之前听过卡莱瓦拉吗？"

医生点了点头："他在另一个城市因为滥用催眠术名声很不好，国家医药协会已经禁止他再使用了，但是我不知道他竟然来到肖普顿做同样的事。"

汤姆问："电话簿里有卡莱瓦拉吗？"

"没有，我看过了。"工厂医生回答，"尼夫曼神志不清

第十三章 尼夫曼的故事

的时候，我听到他提及卡莱瓦拉，出于好奇我打给了医药协会，他们没有任何关于他行踪的信息。"

尼夫曼向我们详细描述了这个令他苦恼的人。"他是个体格魁伟的人，大概有一米八。"机械师汇报道，"他在给你施催眠术时，会一直盯着你！"

"我马上将人物描述传达给哈伦·艾姆斯，还不知道卡莱瓦拉接下来要做什么呢。"

突然尼夫曼打了个响指，问："等一下！今天几号？"

汤姆告诉他后，他继续说道："我刚想起来一些事，我应该明天晚上会接到卡莱瓦拉医生的电话，他每周都会打给我，因为上周他没有打，我确信他明天晚上会打来，问我偷计划的事情进行得怎么样。"

"几点？"

"确切时间我不知道。"鲁本说，"他说他会在我去上夜班前在家里给我打电话。"

"太好了！或许我们可以设个陷阱！"汤姆说。

他们计划雷蒙德整个晚上还留在医院，哈伦·艾姆斯设计了一个计划在卡莱瓦拉离开之前将他抓获。

第二天一大早，汤姆开始研究如何为海底空气圆顶提供环境的问题，一群工程师在他的办公室讨论该问题。

"我认为最简单的办法就是带一个氧气罐。"阿特·威尔特萨说,"然后我们可以利用常用的碱石灰办法排出二氧化碳废气,然后一遍一遍再循环同样的空气。"

杰克·格雷迪一直致力于为汤姆空间站研发空气调节设备,他提了一个建议。"水是由氢元素和氧元素组成。"他指出,"我们能不能通过电解作用直接从海水中电解出氧气?"

汤姆一边沉思一边点了点头:"好主意,杰克,但是那会需要大量电,而且也会浪费氢气。"

"嗯,你的考虑是正确的,机长。"

汤姆皱了皱眉头,手指拨弄着头发:"我认为阿特的用氧气罐的想法适于海底探索小型空气圆顶。但是如果要制作一个大型长期使用的空气圆顶,或许我们可以模仿鱼类。"

"这么说什么意思呢?"阿特问。

"他们呼吸时吸收海水分解出来的氧气,然后释放出二氧化碳。"

"你的意思是你将要在考察过程中给每个人一个鱼鳃设备?"

汤姆笑着说:"不是的,我想我们可以用特殊空气调节设备。"

汤姆走到了一块黑板前,快速写出了他的想法:"我们将会抽出海水中的水,然后通过薄膜渗透提取出分解出来的氧气——就像这样。然后用干燥器将氧气干燥,通过加热减压装置将氧气注入空气圆顶中,将二氧化碳废气排到同样的海水

中,来交换我们提取的氧气。当然这里海水和空气要不断循环。"

工程师们都很激动。"汤姆,你已经找到正确答案了!"杰克说,"你要给这个最新发明取什么名字?"

汤姆笑了笑说:"这是一个渗透空气调节器,我想一下,但是这个装置有一个危害。"

"是什么呢?"

"如果周围海水受污染,那么空气圆顶内的生存条件也会受严重影响。"

"防伪系统会防止那个问题发生的。"阿特说。

汤姆若有所思地点了点头,他什么也没有说,刚刚发生在他身边的事,使他不得不想可能发生的最糟糕的情况。如果狡猾的敌人大范围制造污染呢,该怎么办?

第十四章　设饵的陷阱

汤姆和工程师的讨论结束后,阿特·威尔特萨走过来和汤姆讲话。

他汇报说:"塑料空气圆顶差不多完成了,船长,你要看一下吗?"

"当然要,阿特我们现在就走。"

在企业集团主建筑外,他们各自都跳上了小型摩托车,穿过场地快速来到庞大的车间。焊接电弧的蓝白色闪光透过窗户一闪一闪的,远处传来吱吱作响的铆钉锤声音和嗡嗡作响的车床加工声。

汤姆和阿特骑着摩托车到传送带上,很快他们就被运到了远处一端的房间里,他们跳下车,摩托车便自动停放。

"它在这儿,船长!"他们走近空气圆顶时,阿特自豪地说。

实验空气圆顶由闪光半透明的托马塞特塑料构成,圆拱是直径为1米左右的半球,顶部四个起重环使其可通过电缆降至

第十四章 设饵的陷阱

海底。

"看起来很棒,阿特!"汤姆评论道,"让我们到里面看一看。"

打开拉链,推到后面,就可以看到一个通向圆拱的入口,两个年轻的工程师走了进去,几个工人拿着铆钉枪正在给构架做最后加工。

"阿特!"汤姆说,他敏锐地扫视着每个细节,"你真的完成得非常出色!"

"圆拱自然也很轻便。"威尔特萨解释,"你看到的接口能使其折叠起来。"

"做得好!"

"只有一件事情困扰着我。"威尔特萨说,"太多的肋状物使得运输圆拱困难。"

"是的,的确如此。"汤姆同意,"因为空气圆顶内气压使其抵抗外部海水且外部对其不产生压力,我们应该减少支撑物。"

阿特挠了挠头,一脸的懊悔:"对呀!汤姆,我怎么没想到呢!"

"没有人可以想到每件事的,阿特,但是你做的已经接近完美了!你也在最短时间里完成了。"汤姆善意地拍了拍这个工程师的后背，"多久能准备好？"

"最晚明天中午，我会将所有不必要的支撑物都取出。"

"好！我们将尽快对它进行水下测试。"汤姆说，"如果没有漏洞出现，我们将按同样的设计为氦气之城建造巨大的空气圆顶。"

汤姆对目前工作进程十分满意，他冲进企业集团安保部办公室。他已经通过电话把尼夫曼的故事转述给哈伦·艾姆斯了，他现在想要准备各种计划细节问题来诱捕卡莱瓦拉医生。

"我已经把他的信息给了公安局。"艾姆斯说，"他们现在布下天罗地网，但是那只鸟太狡猾不可能轻易被警察抓住，我要用一些妙计来抓住他。"

"我认为可以给尼夫曼假的蓝图和公式。"汤姆建议，"然后今晚卡莱瓦拉打电话时，鲁本可以说他拿到了计划，卡莱瓦拉可能就想立刻见他，他一出现，我们将他抓住！"

艾姆斯点头表示赞成："好主意！但是我们最好打个电话给鲁本确认一下，让他使用一种暗号以防任何差错发生。"

汤姆认为这是一个很明智的预防措施，于是艾姆斯记下了四种暗号，尼夫曼使用哪一种回答电话，都将表明在他的公寓里要发生什么。

"好的，应该没什么问题了。"汤姆看过暗号后说。

不一会儿，汤姆和艾姆斯骑车来到医务室，巴德现在已经完全恢复准备出院。辛普森医生和巴德陪他们去尼夫曼房间。

第十四章 设饵的陷阱

"嗨!"机械师热情跟他们打招呼,"计划好了吗?"

"是的。"汤姆回复,他往床上撂了一些蓝图和文件,"这是诱捕卡莱瓦拉的诱饵。"

解释完计划后,他让尼夫曼给他重复一遍,确保他理解了每一步。

"卡莱瓦拉这个晚上打电话给我时,我要告诉他我拿到斥力装置计划了。"机械师说,"然后我让他来我公寓拿走它们,如果他说好,我就立刻给在工厂的你打电话,这样他到的时候你就将他一举拿下。"

"完全正确!"汤姆说。

艾姆斯说:还有可能,他不给我们时间来设置圈套。也就是说他可能不打电话直接先去找你。"

"如果那样我该怎么办?"尼夫曼问,他看起来有些担心。

"如果我们到9点整还没有收到你的信息。"艾姆斯这个安全部部长解释,"我们会打电话到你的公寓问清楚发生了什么。"

"但是如果卡莱瓦拉在,我怎么说话?"机械师说。

"我们已经到了。"艾姆斯说,"你可以用暗号发给我们一条讯息,这四组回答你一定要记住,你在回复时使用其中一组。"

他递给尼夫曼一张写着四种暗号的纸:

第一种回答写着"一切都好",其意味着"卡莱瓦拉没有打电话直接来我的公寓";第二种回答写着"天气真好",意思是"他没有来而让他的一个朋友来了";第三种回答是"我很好",意思是"卡莱瓦拉没有来,但是我担心有人在监视我的公寓";第四种回答是"睡觉之前",意思"我现在不能说话,你最好快来"。

"好的,我记住了。"尼夫曼看完纸条说,"到时候我可能会将句子稍做变化以防卡莱瓦拉怀疑。"

"好的,如果我们不明白的话,我们会让你再重复一遍。"

机械师换上便服要离开时,汤姆与他握了手:"祝你好运,鲁本!我们等着你的消息!"

"谢谢,机长。"尼夫曼热情地回答,"我很高兴有机会帮助你,但愿不会有任何差错!"

那天晚上,汤姆和巴德在斯威夫特家里吃了晚饭,7点之前又骑车来到工厂。辛普森医生和哈伦在安保部办公室等着他们。

"可能还要再等一会儿,我们才能收到他的消息。"哈伦·艾姆斯说。

一个小时过去了,然后又过了一个小时,他们不断地看着表。随着最后期限九点钟接近,艾姆斯变得不安。

"还有3分钟。"艾姆斯看着手表低声说道,"不知道为

第十四章 设饵的陷阱

什么,我有种预感我们遇到麻烦了!"

9点的时候辛普森医生拿起电话拨了尼夫曼的号码,不是尼夫曼而是一个陌生人回答的,声音听起来低沉,说话的人像是在伪装。

医生立刻变得惊慌起来,但尽力淡定地说:"请让鲁本·尼夫曼讲话。"

"对不起,他一时接不了电话。"陌生人回答,"我可以帮你带个信儿吗?"

辛普森医生皱着眉头,现在该怎么办?他决定现在只有这一个办法。

"是的,请问一下尼夫曼先生,我是斯威夫特企业集团的辛普森医生,我打电话过来是为了一个叫多纳斯的机械师,他在E飞机库工作,他是尼夫曼的一个密友。今天下午他发高烧病倒了,我想问一下尼夫曼先生昨天晚上有发现他有什么病兆吗?"

"嗯——等一下,我会问他的。"

过了一会儿,电话里又传来了陌生的声音:"尼夫曼说多纳斯在睡觉之前说肚子痛。"

"嗯,非常感谢。"医生挂了电话然后转向他的同伴,"我得到了第四回答。尼夫曼使用了'睡觉之前'。那意思是他不能说话并且让我们要快点过去。"

"我们走吧!"艾姆斯从椅子上跳下来说。

巴德的敞篷车就在外面等着,他们在黑夜中奔驰,朝着尼夫曼住处开去,那是一幢外表平平的砖砌公寓。

"医生和我进去,你们待在这看着门。"艾姆斯命令。

他们快速进到里面,汤姆和巴德将车停在了离明亮的入口几米远的阴影里。就在一瞬间,门突然开了,一个人跑了出来。

"是卡莱瓦拉!"汤姆大喊。

第十五章 空气圆顶测试

巴德刚要跳下车去抓卡莱瓦拉，汤姆就阻止了他："等会儿，兄弟！我们跟踪卡莱瓦拉看他要去哪，他有可能帮助我们发现更多幕后黑手！"

"好主意，朋友！"

卡莱瓦拉穿过马路，钻进了一辆外国制造的绿色低车身轿车，打开灯，在路边启动后，车呼呼地飞驰而去。

巴德等了一会儿，然后就驾着敞篷车来了个大转弯，在后面跟上了他。他们在前方街区尽头，看到卡莱瓦拉尾灯打左转向，进入了一条单行道。

巴德到了一个拐角处，看到了一个停车标志，他踩住刹车。交通十分拥挤，但是他们没有跟丢，猎物一直清晰地在视线内。幸运的是街道上的路灯和霓虹灯使得这辆绿色外国车辆清晰可见。

卡莱瓦拉又开了800米，向右拐，这一次进入了一条黑漆漆的小巷里，巴德几秒钟后也拐进来了。

"真倒霉！"汤姆咕哝着，"在这样的街道上，他一定能发现我们在跟踪他！"

"我觉得他一定发现了！"巴德紧张地说，"跟他走！"

绿色轿车突然加速，巴德紧随其后，他绕过了几条街道，然后又拐，他在迷宫一样的街道穿来穿去。

"他要甩开我们！"汤姆说。

他们急速地到达了肖普顿的郊区，卡莱瓦拉的车闯过了一个黄灯，等他过去后红灯亮了，他们不得不猛踩刹车停住。

"啊，真倒霉！"巴德气急了，激动地大力按着喇叭。

他们在前方远远看见卡莱瓦拉的尾灯显示他又转弯了，等到他们到了同样的地点，岔开的道路隐约可见，空无一人，黑漆漆一片。

"我们跟丢了！"巴德呻吟着。

汤姆厉声说道："或许并没有，我有预感他往环湖路走了，我们试试！"

穿过一条捷径，他们在一条弯曲的大道上极速前进，和城市边缘北部的卡罗帕湖相接。他们刚上高速公路，一辆绿色低轿车疾速而过。

"这一次他休想甩掉我们！"巴德发誓，他开着敞篷车在后面紧追不舍。

晚上这个时间很少有人开车在高速公路上，因此，只有在他超越一辆拖车以及在弯道时他们看不见，除此以外，他们一

第十五章 空气圆顶测试

直都能看到卡莱瓦拉的尾灯。

"他又转向了!"巴德突然喊道。

过了一会儿,他们跟着猎物到了蜿蜒的土路上,他们只能看着车辙跟踪。他们的车灯在黑暗中开辟出一条黄色的道路,两边的树木和灌木丛更加重了阴郁。

"这是他的车!"汤姆小声说。

他们将所有灯都关了,把车停在灌木丛旁靠边。巴德停下车后,两人便下来探查。

"没有人!"汤姆大声喊道。

"他一定从那条路走了!"巴德指着一条窄路喊道,这里长满了野草,黑暗中几乎什么都看不见。

两人都拿了一个手电筒,立即开始探索,他们走了100米,走到了一大片空地处,周围种着柳树和几棵老果树,远处有一个摇摇欲坠的历经风雨的农舍,显然长久无人人住。

"那就是他的藏身处!"他们关掉了手电筒,汤姆低声说道。

"我们该怎么做,机长?试着闯进去?"

"太危险了,他或许拿着枪,我打给肖普顿警局吧。"他从口袋里拿出了铅笔无线电,轻轻按了一下按钮,"汤姆·斯威夫特呼叫肖普顿警……汤姆·斯威夫特呼叫肖普顿警局!"

不一会儿,警局总部无线电话务员回复了。汤姆请求跟局长讲话，对方承诺立即援助。

"等到他们来，卡莱瓦拉都已经逃跑了！"巴德愤怒地说，"他肯定不会等着被抓的！"

"我们还能怎么做？"

"听着！我有一个主意！"巴德急忙说了他的计划，汤姆同意值得一试。

汤姆两只手中都拿着手电筒，他将手电筒都打开并将手向外伸，然后他就开始在空地边缘环行。俩人希望这可以使他以为他们从后门进入房间搜查，与此同时，巴德就在原地不动。

就在汤姆拿着手电筒在后门到处晃的时候，前门突然打开，一个人飞快跑了出来，巴德看到一个奔跑的人飞快从空地穿过时，他立即绷紧神经采取行动。

当这个逃亡者跑向树林边缘时，巴德以飞一样的速度扑向他。这个人咕哝着什么，被扑倒在地！

"抓住他！"巴德大喊，"卡莱瓦拉医生在这儿！"

汤姆赶忙跑过去援助他的朋友，这个罪犯恶狠狠地反过来拳打腿踢。但是很快俩人便把他制服，汤姆摁住这个逃亡者，巴德用皮带紧紧将他的手绑在后面。

"你们对我施加这样的暴行是什么意思？"卡莱瓦拉暴跳如雷，"你们没有权力绑住我的手！我没有做错什么事！"

"哦，是吗？"汤姆冷冷地反驳他，"那你为什么从鲁本·尼夫曼的公寓离开后跑那么快？"

第十五章 空气圆顶测试

"我没听过这个名字!"卡莱瓦拉厉声说道。

"你在肖普顿还想跟我们玩捉迷藏游戏?"

这个罪犯怒视着说:"我看你们在跟踪我,我很害怕,谁不害怕呢?我还以为你们是歹徒,抢劫犯呢!"

"所以你不去警察局,而是来到了这个最黑的小巷,然后再把我们绕到这个森林里!"汤姆轻蔑地看着他。

他将手伸进了卡莱瓦拉的口袋里,掏出了一小沓文件,折叠在一起的是斥力装置的蓝图和公式。卡莱瓦拉脸变得煞白,他哑口无言,汤姆翻开了剩余文件,突然他大喘一口气。

"发现了什么?"巴德问。

"是的——一个名叫弗斯韦·韦伯斯特先生的驾驶证!"

巴德大吃一惊:"你的意思是他就是和桑迪通话并让他的同谋破坏飞机的人?"

汤姆点了点头,罪犯抽动了一下,一句话也没有说。巴德握紧拳头,怒视着他,好像要为最近发生的所有悲剧当场惩罚他。但是他并没有动手,他们将这个人押送到车上,几分钟后,警车终于到了,里面坐满了警察。

"抓住了你要抓的人?"斯威夫特家的老朋友罗克警长说,"他是谁?"

"他叫自己卡莱瓦拉医生。但是我想他也叫弗斯韦·韦伯斯特。"汤姆拿出了他的驾驶证,说,"我想他一定涉及一些大型案件,同时,你们还可以因为他无证施药、共谋袭击他人、偷取他人设计图、蓄意谋杀我的妹妹，而将他捉拿归案！"

罗克冷眼看着这个罪犯，开始质问他。但卡莱瓦拉缄口不言，罗克把他推到了车上："好，把他拉到车上！"

30分钟后，汤姆和巴德返回到了企业集团安保部，他们听汤姆和巴德讲述他们进入尼夫曼公寓后所发生的故事。

"我们进入前，卡莱瓦拉一定藏了起来。"艾姆斯说，"我们进入公寓后发现尼夫曼被绑了起来。他说他听到卡莱瓦拉叫大厅的警卫追一个叫怀特的人。"

"怀特！"汤姆大喊，"飞机破坏者！"

"真可惜，他逃走了。"艾姆斯说。

"好吧，小伙子们，我们晚上的努力成功了。"艾姆斯说，"现在你们的发明可能就安全了。"

"我想怀特逃脱了，我们的发明可能还不安全。"汤姆回答道。

第二天早晨，汤姆正在办公室忙，斯威夫特的一位老工程师吉布·布劳内尔走了进来。

他说："我想求你帮个忙，机长，或许有些麻烦，但是事实上它却关系着一个资产达至两百万元工厂的生存问题。"

"听起来有点意思。"汤姆说，"快坐下来，告诉我。"

布劳内尔拉出了一把椅子："你还记得芬斯顿沉船的故"

第十五章 空气圆顶测试

事吗?"

"当然记得,大多数乘客都幸免于难。"

"嗯,我的叔叔就在上面,但是他却因受伤没能及时送往医院而身亡。"

布劳内尔继续解释道,他叔叔的公文箱安全留了下来,和船一起沉了下去,里面有一份修改后的遗嘱和跟工厂相关的各种信件及其他文件。

布劳内尔总结道:"除非那个公文箱找到,不然工厂将会落入他人手中。不幸的是,芬斯顿陷得太深,正常操作无法营救,但是如果你可以穿上胖人装备下去,公司会奖励你一大笔钱的。"

汤姆若有所思地笑着,手指叭叭地在桌子上敲,说:"别提钱了,基博,正好我要去检验我们的新发明海底空气圆顶,正好一石二鸟。"

"你答应了?"布劳内尔急切地问。

"当然乐意效劳。让公司把所有的关于船所在深度及位置,还有如何打开安全箱等具体信息告诉我吧。"

"汤姆,我不会忘记你的恩情的!"

布劳内尔离开后,汤姆去往私人实验室,他想要在测试之前进一步完善斥力装置,一直工作到中午。直到乔推着午餐车进来打断了他,餐车里满是热气腾腾的辣肉酱和鸡蛋三明治。

"你又在搞你那个新发明了？"乔问道，此时汤姆胃口极好地吃着饭，"我想你已经把那玩意儿弄得很完美了。"

"它工作起来还行，但绝对不完美。"汤姆边吃边说，"我要加一个分子自动探测器。"

"分子探测器？"乔紧皱着眉头说，"分子是组成所有物质的小颗粒，是吗？"

"你也可以那么说。"汤姆说，"问题是机器运转时会搅动水改变其密度，水在不同气压不同温度下，其自然辐射也会稍微有些变化，在最上方，海水包含各类各样溶解的无机盐，也会改变辐射强度。"

汤姆解释道，为了在这些情况下使斥力装置排斥所有分子，他加了一个管，通过这根管，海水样本可以不断进入机器中。不管海水构造发生了什么变化，探测器都会自动调整机器运转。

"尝尝我的炖肉吧。"乔说，"那个玩意儿什么都能做，就是不会说话，你赶快再完善一下，老板！"

"好主意，要是真会说话就好了。"汤姆笑着说，"那么如果有问题它就会警告我们了！"

测试时间设在第二天晚上，汤姆更想在天黑后操作，避免任何关于斥力装置信息的暴露，那样更会激起间谍迫切获得发明的欲望！

第十五章 空气圆顶测试

折叠塑料空气圆顶和斥力装置被放在了蓝天女王上，汤姆、巴德和包括吉布·布劳内尔在内的机组成员一起起飞了。30分钟后，这架大型飞机正好盘旋在芬斯顿下沉的水面上。飞机的载物舱口打开了，空气圆顶自动充气，汤姆和巴德进入里面，被一起用钢索往下降。

斥力装置已经被安置在空气圆顶里的平台上，两端凸在外面。里面有四盏强聚光灯，就在两人到达海浪波面前，汤姆将开关开到最大挡。

"哇！快看！"巴德大声说，"它将空气圆顶里的水排斥了16米以上！"

汤姆笑了笑，心情十分愉悦，他将开关慢慢反转，然后便下去了。庆幸的是芬斯顿垂直降落在了淤泥里，所以，它的甲板就可以当作一个水平栈桥平台。

"好的，你待在这里照看操控装置，朋友。"汤姆告诉他的朋友，"我去取公文箱。"

汤姆拉开空气圆顶出口的拉链时，心中对这一发明产生了强烈的满足感，斥力装置极好地运转着，这个大型透明的塑料空气圆顶也被完美地支撑着。

"太棒了，汤姆！"巴德激动地说。

汤姆走到了甲板上，踏在沉没于海底的废船上，有一种怪异不真实的感觉，甚至它的外壳和上层建筑都没有黏到一滴水，聚光灯的白色灯光照亮着这怪异的场景。

汤姆安全地进入了船长室,并用公司给的数字组合打开了安全箱。里面除了有一些珍贵物品,还有一个公文箱,字样清晰地刻着。

汤姆将它拿出,锁上了安全箱,便又回到了甲板上。突然他被吓得喘了一口气,他所在的气泡已经被水挤得变了形,看起来斥力装置只在一边工作,气泡就快被压平了。

很快这里就会没有空气空间!空气圆顶和里面的人都会被压平的!

第十六章　危机四伏的野餐

汤姆快速跑回了平台上,巴德恐慌地睁大着眼睛。

"发生了什么,机长?"他大喊道,"斥力装置没电了吗?"

"还不知道,但是我们一会就会找到原因了。给,拿着这个公文箱!"

两人都不敢想如果海水将他们包围会是什么后果。汤姆抓住开关操纵杆,将它置了多个档,气泡扩大了一点,圆顶也开始上升,但是水压仍旧在挤压气泡。

突然,汤姆灵光一闪,想到了原因。"巴德,我知道了!"他大喊,他们仍旧在往上升,"一定是因为海水里有污染,分子自动探测器要调整我们的辐射强度来弥补污染所造成的影响,但是不起作用!"

"我有点懵,机长,你是什么意思!"巴德着急地乞求道。

"就是说我们最好快点到达最顶端——或者说能多快就

多快！"

"那么我们就加大速度，让我们再快点！"飞行员催促道。

汤姆严肃地摇了摇头。"不能，除非我们想要再来一次袭击。"他轻轻打开了无线电设备并呼叫飞机，"我们要上去了，汉克，拉紧松弛的绳子！"

他们上升了60米后，空气挤压的状况减缓了许多。"放轻松，巴德。"汤姆突然轻松地笑了，"我们远离了污染领域。"

巴德艰难地眨着眼："沉船是很糟糕，但还是比满是水的气泡好一点！"

很快这个两人营救组从空气圆顶里钻了出来，放了气后它便被拽上了蓝天女王。然后两人也上了飞机。

"你成功了！"吉布·布劳内尔看着公文箱大喊道。

任务完成了，这个工程师十分开心："汤姆，我真不知道该怎么谢谢你！不管你喜欢与否，我们公司董事会将会给你一张巨额支票！"

"没关系的。"汤姆笑着说，"只要告诉他们千万不要提我们是如何到达沉船的，那样会给想要偷斥力装置的敌人更多信息！"

"我会告诉他们保守秘密的。"基博保证说。

尽管这样，记者知道了这件事情后，就已经报道了工厂为

第十六章 危机四伏的野餐

争夺控制权所展开的激烈斗争。两天后，在一次股东大会上，他们宣布了布劳内尔小组的胜利，新闻记者马上就开始挖掘事实。

第二天早上，当汤姆跟妈妈和妹妹吃早饭看到《肖普顿晚报》时，他十分沮丧，炫目的标题写着：

勇敢的深海营救队抵达芬斯顿

难道潜水员用了汤姆·斯威夫特的秘密发明吗？

报道说，一个名叫吉布森·布劳内尔的工程师参与了营救工作，目的是为了找回属于他叔叔的文件。这样，转而引起了关于使用新神秘仪器的推测，而这仪器正是由汤姆·斯威夫特发明的。因为芬斯顿陷得太深，一般的潜水方法是到达不了的。

"天啊！"汤姆呻吟道。

"影响真的会这么大吗？"桑迪问。

汤姆耸耸肩说："或许没有，如果他们不再继续追查。"

那一天工厂的电话响个不停，通讯社、新闻记者来询问关于汤姆新的深海发明的更多消息，但却一无所获。

汤姆将自己锁在了私人实验室里，只留巴德在这里帮助他，他一心投入地纠正分子自动探测仪的错误。两人一直工作到几乎半夜，然后便在实验室里的简易床上睡了，第二天早上八点他们就又开始工作了。

快中午时，有人轻敲着门，巴德打开门，"桑迪！菲利斯！"

两个女孩笑着走了进来,她们穿着鲜艳的露背裙,桑迪说她的车上放了野餐篮子和随身收音机。

"我们知道等你们俩带我们约会是无望了,所以就决定过来,接你们去!"菲利斯说。

"看上去他们吃定我们了,汤姆。"

汤姆笑着看着这两位漂亮的访问者:"有什么日程安排呢?"

"游完泳,中午吃一顿高级的野餐,然后去凯夫岛漫游。"桑迪说。

巴德十分心动,他看着汤姆"探测仪几乎已经完成了,机长。"他试图说服汤姆。

"好吧,她们都给我们施加压力了,我们去吧。"

两人换了衣服,然后一群年轻人上了桑迪的蓝色敞篷车,一路下坡,他们驶向卡罗帕湖路上的肖普顿游艇俱乐部,斯威夫特家流线型的小型帆船停在这里,它被命名为玛丽·内斯特,内斯特是斯威夫特夫人的娘家姓。

几分钟后汤姆拉起了锚,掠过大片绿水,凯夫岛坐落在3千米远的湖中央。

"真是个好日子!"菲利斯兴高采烈,她的乌黑头发在微风中飞舞,船沿着海浪滑过,她的手在冷波中摇曳。

"真是太完美了,我们应该经常这样!"汤姆赞同地

第十六章 危机四伏的野餐

说道。

他们将船停靠在浅滩上,然后他们跑向一片白色沙滩,两个女生挑了一个地点野餐,这里笼罩在树木下,然后他们跑到了一个洞口换上泳衣。

等到他们准备好了后,两个男生穿上了游泳裤,像海豚一样在水里跳跃。

"快啊,胆小鬼!"巴德喊道,两个女生正在小心地探着水。

"好。"桑迪说,"但是你们别……"

她正说着话突然尖叫了一声,汤姆朝她们泼了一大捧水,两个女孩从头到脚都被浇了个遍!

一个多小时里,他们又是游泳又是沐浴阳光,笑得很是开心。终于汤姆和巴德说他们饿了,于是便打开了野餐篮子。

两对情侣在沙滩上闲庭信步时,看到头顶上有一架飞机,他们抬头往上看。

"嘿,那个豪特罗克是干什么的?"巴德大喊道。

这架灰色小型飞机正在朝着岛屿直开过来,汤姆眯着眼睛看着飞机,突然他的头皮一阵刺痛,感到危险即将来临。

飞机朝着岛屿逼近,它突然向下降落,声音低沉,正在野餐的他们本能地爬到了沙里。飞机猛烈地转着圈,又发出震耳欲聋的声音向沙滩冲了过来。

"如果我的手能伸到那个基岩上——"巴德跳起来怒骂。

"快看！他回来了！"菲利斯惊恐地大喊。

这一次，飞机以鞭子之势飞过来时，朝沙滩喷了点重金属蒸气，一眨眼的工夫，这令人窒息的气体便在整个岛屿弥散开来。

"快！快到洞里！"汤姆喊道，"拿上你的衣服，巴德！"

四个人手捂着脸，迅速穿过沙滩。他们到达洞内时，汤姆和巴德急忙用岩石堵住洞口，并用衬衫、裤子、运动衫堵住裂缝。

"汤姆！菲利斯出事了！"桑迪声音惊慌，喘着气说。

他的哥哥看到黑发女孩昏倒在地时，脸突然变得煞白，显然气体中毒了。

"啊，我们要怎么办？"桑迪担心地叫喊着。

汤姆努力思索着，突然他想到洞穴里伸进来一根茂密的西洋杉大树枝。

"擦一下她的手腕，桑迪！"他命令道。

汤姆在黑暗中摸索着，从树枝上扯下针叶，用手指将它们碾碎，然后将其放在菲利斯的鼻前，一会儿刺鼻芳香的味道就使她醒了过来。

"我怎么了？"她低声说。

"那架飞机释放的气体使你晕倒了。"汤姆说，"但是不用担心，菲利斯，你很快就好了，我们在这里很安全。"

第十六章 危机四伏的野餐

幸运的是一阵强风很快驱散了这股气体，20分钟后他们出来了。那架奇怪的飞机不见踪影了，桑迪沮丧地看着他们被破坏的野餐。

"我们回家吃吧。"她叹了口气说，其他人也都同意。

他们一到肖普顿，汤姆就打电话给在工厂的哈伦·艾姆斯，告诉了他这次意外。

"你知道这架飞机从哪来吗？"安全部部长问。

"不知道，它没有任何证明身份的标志，我们也看不到飞行员。"

"好吧，我会通知民用航空管理局，或许空中巡逻队可以追踪到它。"

当天没有音讯，到第二天早上，汤姆接到了一通霍普金斯上将打来的长途电话。上将报告说海军潜水艇发现了另一个核弹头藏点并用空箱子将其偷换了。

"我们希望箱子打开时你在场，汤姆。"上将接着说，"你能今天下午就到Z城吗？"

"好的，我可以，长官，我吃完饭马上动身。"

汤姆乘坐公司的喷气式飞机出发了。他在Z城着陆后，被送往一个秘密地下实验室，看见霍普金斯上将和一群长官以及民间专家在这里等着他。

"由你负责，汤姆。"上将说，"你经历过这些令人惊慌的事。"

"好的，长官。"

其他人焦急地等着，汤姆撬开了第一个箱子的盖子，像之前看到的一样，里面装的是核弹头，但是第二个箱子装的是形状奇怪的圆筒，上面布满穿孔，还有一张用多种语言手写的字：

凡打开箱子的人，命不久矣！

所有人都看着彼此。他们正困惑又担心时，听到从箱子底部发出了微弱的嘶嘶声！

第十七章　月亮标志

嘶嘶声很明显是从布满穿孔的圆筒中发出来的。

"一定是炸弹！"一个民间专家大声喊道。

小组中弥漫着紧张恐惧的气氛，每个人都吓得脸色苍白。如果这个圆筒真的装着一台核设备，那么它不仅会粉碎整个实验室，很可能也会殃及部分城镇！

离爆炸前还剩多少秒？

汤姆的大脑在高速运转。"快拿一台真空抽气机来，赶紧连上！"他喊道。两名海军跑过来照做的时候，汤姆说："我认为这个爆炸装置一旦接触空气就会爆炸。所以我们的唯一办法就是再次将箱子密封住，在化学引线反应完毕前将其抽空！"

"但愿你是对的吧！"上将笃信地说。他对另一个助手喊道："罗利，你和琼斯快给油桶钻孔，我们要把那边的大桶填满然后把箱子倒进去！"

不到半分钟，抽气机已经接好，箱盖也被紧紧封住。真空管已连接好来排出空气，抽气机开始抽动起来。

指针一显示高真空，真空管就啪的一声断开了，抽气机也断开了连接。然后箱子就被链式吊车吊起来，放进了一个大型玻璃桶里。

一种死亡般的寂静笼罩着整个实验室，大家进进出出。20分钟后，汤姆说道："我敢肯定引线已经及时停止反应了，否则现在肯定已经爆炸了。我们已经渡过危险期了。"

众人都如释重负，几个人过来握住汤姆的手。

"海军欠你一大笔人情。"霍普金斯上将说道。他转向助手，笑着说："把那个箱子扔进大海，让它永远消失吧！"

然而，汤姆脸上并无笑意，他说："藏箱子的人发现我们在破坏他们的藏点了，这个警告条差不多已经证明这点了。"

"但是我们已经用空箱子替换了，应该能够误导他们的。"

"应该可以，除非他们已经开始鉴别自己的箱子了。"这个年轻的发明家指出，"我们看一下这里的箱子是否做有记号。"

大家都回到了地下实验室，检查汤姆打开的第一个箱子。他们发现在箱子的背面有一颗几乎看不见的月亮标志，其他的箱子也有着相同的标识，再没有其他线索了。

"嗯。"霍普金斯上将眉头紧皱，"我们最好赶快乘潜水

第十七章 月亮标志

艇过去,将我们之前安置的空箱子画上记号!"

剩下的箱子里都没有其他的新信息了。汤姆返回肖普顿,下午3点半,他在企业集团跑道上着陆时,塔台有人叫他的名字:"汤姆·斯威夫特!哈伦·艾姆斯让你接电话。"几秒钟后,安保部部长乘着吉普车急速穿过飞机场。

"怎么了,哈伦?"他刚要出来打招呼,汤姆就问道。

"我想空中巡逻队已经定位到那架神秘飞机了。"艾姆斯汇报道,"我是说那架在凯夫岛袭击你们的飞机。A国联邦调查局说它被遗弃在Y城北部的飞机场上,你要去看一眼吗?"

"当然,我们坐直升机去吧。"汤姆急切地说。

这架飞机是汤姆的另一项发明,它的转子既可以起飞也能盘旋,但是当其作为传统喷气式飞机飞行时,转子可以折叠入机身。

艾姆斯在地图上已经标了定位,因此汤姆很顺利地找到了那个飞机场,空中巡逻队官员和另外两个穿着便服的人站在被遗弃飞机的旁边。

"嗨,韦斯!"汤姆对着A国调查局特工韦斯·诺里斯说,他曾经和斯威夫特家人一起合作去幽灵卫星探索。

"你好,汤姆。"他说,"这就是骚扰你们,还朝你们放气体的飞机吗?"

"看起来很相似。"汤姆注意到飞机的标识号被涂掉了,他问,"你追查过这个机主了吗?"

特工点点头说:"据说飞机于昨天早上被盗,我有强烈的预感,罪魁祸首是我们正在核实的破坏组织的成员,其中有一名是飞行员。"

"我知道了,他们是哪国人?"汤姆说。

诺里斯拿出了一些他们烧焦染色布料后剩余部分,说:"这是某一国家旗帜的左半边,你可以猜一下是哪个国家,我们在飞机里找到的。"

汤姆轻轻吹了一声口哨:"哇!这群人一定和卡莱瓦拉还有想要偷我发明的其他人有勾结。如果他们已经打听到了氦气矿井,他们一定想要占为己有。"

"是的。"艾姆斯说,"那就能解释核弹头打哪来了!"

"不管怎样,他们是一个危险组织,但是,调查局现在正在全国通缉他们。"

"好的,韦斯!有任何进展请随时通知我们。"

那天晚上汤姆回家陪妈妈和桑迪看电视放松。

他说:"爸爸要是能从大本营回来就真的太好了。"汤姆失去了往常理智冷静的头脑,他可是斯威夫特先生在从事新发明的关键阶段时的依靠啊!

"桑迪和我也都希望如此。"斯威夫特夫人满怀渴望地说。

汤姆说,他觉得最好在开始建立氦气之城之前先检查一下

第十七章 月亮标志

海底油气田。

斯威夫特夫人喜爱有加地看着自己儿子："你一定要小心,知道吗,亲爱的?"

"一定会的。"汤姆拥抱妈妈说了晚安。

早上,汤姆打给了在费林岛基地的汉克·斯特林："准备好海洋猎犬和另一架水陆两用直升机出航,行吗?"

"当然行,机长,什么安排?"

汤姆大概讲述了他的计划。他挂了电话后又打了一通,这一次是打给霍普金斯上将。他邀请上将明天陪伴他一起出航,同行的还有他们精心挑选的军官和一些民间专家。

"你明天早上10点前能赶来吗,上将?"汤姆继续说道,"我们将从费林岛火箭基地出发。"

"我们会准时到的!"霍普金斯上将答应。

中午乔推着午餐车走进了实验室,厨师那皮革般的脸颊上显露出一脸愁容。

"你真的又要去巡航了吗,老板?"

"是的,乔,有什么问题吗?"

"嗯,当然有问题,你难道不需要一个厨师吗?"这个老人家十分积极地说道。

事实上汤姆没有任何计划要带厨师去,想着吃饭还是盒饭最简单。然而,他匆忙回答道:"我们当然需要了,乔!你要一起去吗?"

乔马上就笑了起来,"让你尝尝我一流的厨艺,你知道我很棒的,机长!你就只管等着尝我给你做的海鲜吧!"乔哼着歌,高兴地走开去确认海底菜单了。

第二天,海军小组在费林岛着陆,汤姆立即护送他们上水陆两用直升机。汤姆驾驶海洋猎犬,机上的还有乔、鲍勃、克莱斯比博士、霍普金斯上将和一名火箭专家。小组的其他成员将陪伴巴德·巴克利在另一艘船上。

汤姆将水陆两用直升机的喷气飞行调整到大西洋状态,然后就潜入水中,游了320千米,巴德紧随其后。

霍普金斯上将对海洋猎犬的性能十分惊讶:"今天能接受这次委托,对于海军来说将会是美好的一天,汤姆!"

两架水陆两用直升机都到达氦气矿井后,普伦蒂斯博士看到无数个气泡从海底翻滚而上,内心惊讶又激动。

"这个氦气源泉在未来几年都能够满足我们的火箭之需!"他说。

"我们过多久才能开采,汤姆?"克莱斯比博士说。

"我觉得现在可以立即开始采集。"汤姆说。

霍普金斯上将问核弹头藏在哪里,汤姆开着海洋猎犬朝它的方向开去,突然声呐电话那头传来了鲍勃一阵叫声。

"我发现了一些东西,汤姆!"他汇报,"在船的右后方!"

汤姆吓得心怦怦直跳。"是潜水艇吗?"他问。

鲍勃紧张地看着望远镜,然后大声喊道:"它速度惊人,一定是枚导弹!它朝着我们的方向开来!"

第十八章 铤而走险的营救

短短的一瞬间,汤姆加速水陆两用直升机的喷气设备,向左舷开满舵,海洋猎犬快速脱离危险。

仅一秒钟内,声呐电话中就传来一阵砰的声音,岩石都被炸裂了。汤姆紧抓住方向盘,使它不被抛向甲板上。

"他们撞到巴德船上了!"鲍勃惊慌地大喊道。

汤姆惊呆了,他最好的朋友以及和他一起的人都死了吗?

他还没有从恐惧中走出来,另一阵惊慌就席卷而来。

"又来导弹了!"鲍勃大喊道。

汤姆咬紧牙齿,蜷缩起来,他开着海洋猎犬朝着海底山脉的背面快速飞去,纤瘦有力的双手一下抓到了控制台上。

汤姆关上了水陆两用直升机的探照灯,船停在黑暗的海底中。山脚突出的岩石起到了一定保护作用,使船免遭导弹的直接袭击。

砰……砰……砰!导弹四处爆炸,海洋猎犬不断震动。

第十八章 铤而走险的营救

年轻的发明家透过声呐望远镜，看到了几百米以外一抹微弱的光芒。他看到了另外那架水陆两用直升机，很明显它被炸得直接扎进了海底。

汤姆想："如果他们都活着就好了！"

震动终于慢慢减弱，海底变得安静了起来。"我想他们应该停火了。"鲍勃说。

乔从厨房走了出来，他皱着眉头："要是那些阴险的卑鄙小人伤到了咱们的人，我就希望他们被自己的鱼雷轰到天上去！"

汤姆等了会儿，以确保停火不是个幌子来骗他们出来暴露海洋猎犬的位置。他的心跳个不停，通过声呐电话说："海洋猎犬呼叫斯威夫特直升机，你能听到吗，巴德？"

气氛安静得可怕，然后传来了一阵微弱的回复："在，机长，你们都还好吗？"

是巴德的声音！汤姆想要大声叫出来。"我们都很好！"汤姆说，"你怎么样了？"

"不太好，兄弟，那枚导弹从船中间锁定我们，粉碎了转子叶片，船顶部的逃生舱门被堵住了，水现在往里渗。"

"你还能坚持多久？"汤姆问。

巴德停顿了片刻，说："如果泄漏情况不再恶化的话，或许可以坚持三四个小时。"

"好的，尽你所能将它封闭好，站在旁边，我会尽快支

第十八章 铤而走险的营救

援你!"

汤姆很快跑到操控台,将海洋猎犬开到水面上,发出SOS紧急求救信号给肖普顿,告诉乔治·迪林发生了什么。

"让汉克驾蓝天女王快速过来,并且带上大型斥力装置和爸爸的大型磁铁!"他告诉乔治,"现在我们分秒必争,让亚弗·汉森驾另一架水陆两用直升机赶来。"

"好的,汤姆!"

对于陷入困境的人来说,时间总是不够用。就在大型银翼飞机赶到的几分钟前,巴德刚通过无线电通信设备汇报说舱里的水已经到他的腰部了。

"他们到这了!"汤姆通过声呐电话说,"等会儿,我们准备一下斥力装置。"

斥力装置被用钢索拉上了水面,紧急救援陆续进行着,汤姆走到了平台上,乔乞求跟着一起去。

汤姆看着这名老牛仔担忧的眼神:"好吧,乔,我确实需要你的帮忙。"

两人带上乙炔焊炬、凿和铁锹,开始往下降,很快他们就被一个大气泡包围。

"到达目标上空!"汤姆发出信号,斥力装置刚好停在毁坏的水陆两用直升机上方,准备就绪,并将直升机周围的水排斥出16米远。

通过船舱窗户,他们可以看到巴德和海军成员,他们又是挥手又是呐喊的，终于松了口气。20分钟里，他们都在努力打开气闸室舱口，终于将这些濒临死亡的受困者放了出来，他们拍着汤姆和乔的背不停地说谢谢。

等到他们浮上水面后，海洋猎犬和蓝天女王上的人都热烈欢迎他们。短暂休息后，汤姆指导汉克将大型铁磁往下降，他们希望用这个把毁坏的水陆两用直升机拉上来。

同时亚弗·汉森也到了，汤姆命令他留在海底山脉，在该领域巡逻直到营救工作完成。

"一旦看到敌人，你马上用通信设备通知我们，然后返回！"汤姆提醒他们。

"不用担心，汤姆。"亚弗笑着说，"我们期待不会碰上鱼雷袭击！"

两个小时后，蓝天女王开始缓慢返回费林岛，大多数海军军官都在里面，还拖着毁坏的水陆两用直升机，巴德和汤姆一起坐海洋猎犬返回。

他们在费林岛着陆时，天色已晚，霍普金斯上将和他的同事坐上了在外面等候的海军接送车，汤姆和巴德返回了肖普顿。

"真是一次激动人心的航行。"两人准备睡觉的时候，巴德咯咯笑了，"另一个喜欢它的理由，那就是我们将都被授予军功绶带！"

两天后的一个早上，汤姆刚到工厂，特伦特小姐就说哈

第十八章 铤而走险的营救

伦·艾姆斯要跟他通话。

"你好,哈伦,什么事?"汤姆问。

"调查局找到了鲍鲁斯·怀特夫人。"艾姆斯激动地说,"那个想要破坏桑迪飞机的人的妻子。"

"她丈夫呢?"

"她不知道他去了哪里——说他对所有交易都保持机密,但是她告诉调查局可以询问一个名叫门纳斯基的人。"

汤姆记下了人名:"你听过这个名字吗?"

"我确实听过,他是诺里斯提到的破坏组织的大主谋。"

汤姆轻吹了一下口哨:"我想这两件事情联系颇为紧密!事情有任何进展,请随时通知我,哈伦。"

一整个早上,汤姆的电话接连不断,一会儿是火急火燎的命令,一会儿是着急忙慌地在工厂间来回穿梭。到了中午,载物飞机拉着机器和设备飞向费林岛,为氦气矿井的考察做准备。

接着,汤姆和巴德也起飞去往火箭基地来检验最后的准备情况。离开肖普顿几分钟后,汤姆感到副驾驶轻推了他一下。

"看,飞行员,快看三点钟方向!有没有看到之前我们看到的那架飞机?"

一架形状奇怪的流线型喷气式飞机从海底朝这边箭一般飞来。"有点像战斗机。"汤姆紧皱眉头,拿着望远镜专注地看着,"天啊!是一个机器人!往这边来呢!"

汤姆将机身直耸入云，快速升高，但是机器人也紧随他们上升。"这真不是开玩笑！"他喊着，开足马力。

他又是环飞，又是摇摆，还发出刺耳的声音俯冲，但机器人依旧紧追不舍，像有魔法一般。汤姆绝望地等到它快撞到树顶时再重新起飞，然后突然急停，然后又冲向天空，但是还是没能甩掉这个尖鼻子的怪物！

汤姆冲向大海，用尽了爸爸和一流的战时飞行员瑞普·赫尔斯教给他的所有空中技巧。10分钟后，两人都已累得脸色苍白、大汗淋漓。有几次，他们只差一点就出事了！

然后，就在他们擦过一块海岸的岩石时，紧追不舍的机器人没油了。一阵嘎嘎嘎的尖叫声后，它就一头扎进了水中，在一簇惊心动魄的大火中爆炸了。

两个人都虚脱地瘫在了座位上，巴德用粗哑的声音低声呻吟，"这个小怪物是从哪来的？是地面控制的还是另一架飞机控制？"

汤姆只能耸耸肩："我只知道，我们从来没有遇到过如此强劲的对手，手段又如此狠毒。"

他们一降落在火箭基地，汤姆就命令人立即搜查费林岛和企业集团的所有飞机，来查明发动那个机器人的人，他还通知了霍普金斯上将这件事。

尽管担心，汤姆也决心绝不能让这种恐怖事件阻止海底之旅的准备。一个小时后，他放下工作，打电话给控制塔。

第十八章 铤而走险的营救

"关于搜查飞机有任何发现吗?"

"没有,汤姆。"操作员回答,"要飞行员们继续搜查吗?"

"我觉得希望渺茫。"汤姆说,"告诉他们返回基地。"

第二天早上8点钟,终于开始了海底山脉大行动,此次行动包括八架载物飞机组成的舰队,其中包括飞行实验室。它们在飞机场排成一列,等候装载斥力装置和折叠塑料空气圆顶,以及沉重的建筑齿轮。其他一些小型器材由水陆两用直升机运送。

汤姆驾驶海洋猎犬先起飞,一起的还有巴德、乔、克莱斯比博士、鲍勃,还有其他船员。汉克·斯特林驾蓝天女王,斯利姆·戴维斯驾载物喷气式飞机紧随其后。

"不管敌人想怎样,我们都要开往那条神秘的山脉了!"巴德咯咯笑着。三架飞机在波涛起伏的大西洋水域上空呈"V"字形排列,疾速前进。

"这是我第一次建城市。"克莱斯比博士大声说。

汤姆到达了氦气矿井后,将海洋猎犬开向水面,其他两架飞机在旁等候。操作计划安排得非常详尽。

汤姆用大型斥力装置先来将渗透调节装置安装好,然后安装大型塑料空气圆顶,最后是钻井装备和提前建好的宿舍、厨房和办公室。后面所有的装备都要通过推举器放入由斥力装置制造的气泡中。

第一次有三名船员跟随汤姆下去，斥力装置的平台设在山脉的一个大平原上，一切准备完毕后才将其和推举器连在一起。

皮特·艾略特是环境调解员，主要负责氦气泡从海底翻滚而上时调节内部平衡。"太不可思议了！"这名工程师刚要开始工作的时候说道。

"再过一会儿，我们就可以传送其他装置了。"汤姆走开了，想着他们是否选择了固定斥力装置的最佳地点，"皮特，给我一台岩石测量器。"

汤姆发现没有人回应，就看了一下四周，发现三名船员在拼命地来回拉动，几乎要崩溃了！

"怎么了？"汤姆大喊，与此同时，他也感到一阵眼花，"环境调节器不管用了！"

汤姆突然意识到水中的化学污染正在污染他们的空气供给资源，斥力装置也受影响了！

"快！到推举器里！"他喘着气说。

四个人互相搀扶着爬进了推举器的站台上，汤姆摸索着操纵杆，但是眼前的所有东西都变得模糊不清！

第十九章　汤姆被绑架

汤姆的视线变得清晰后，看见推举器气泡外面的水是蓝绿色的。他们在平稳上升！

"哇！"他欣慰得直哆嗦，"我们快到水面了，我刚才一定在快昏过去的时候摸到了操纵杆。"

他的三个同伴很激动，一会儿，推举器到达了水面上，阳光和清新的海风很快使他们精神焕发。

"发生什么了？"巴德一边伸手拉他们上海洋猎犬一边问。

"有东西污染了下面的水，污染了内部的环境。"

克莱斯比博士担心地紧皱眉头："这是敌人的另一步棋，还是洋流所造成的？"

"是洋流造成的。"汤姆严肃地说，"它来自哪里又是另一个问题。"

全体船员一阵惊慌，有人问："你的意思是我们即将面对的那帮人污染了我们呼吸的空气？"

汤姆前后踱步，愁眉不展地思考着。"可能是，戴夫。"他小声说。

汤姆大步走向无线电通信设备，拿起话筒呼叫亚弗·汉森："矿井附近有污染流，亚弗。可能有人在污染水，潜入水中看看通过声呐你能发现什么。"

"好的。"亚弗回答，"它来自哪个方向？"

汤姆查了海图。"洋流大致来自东北，但是在海底可能说明不了什么，最好将附近的区域都搜查一下。"

"好！"

汤姆关掉了无线电通信设备。巴德问："如果我们找不到源头呢？汤姆，我们能做什么？"

汤姆紧皱眉头："我们可以安装一台净化装置来过滤化学物质或者外来杂质。但是那需要花费时间，可能会打乱我们整个建筑计划。"

汤姆在蓝天女王甲板上召开了紧急会议，然后做了决定。他让迪林开飞机载一批防毒面具过来。他们一到达，由汉克·斯特林指挥，操作继续，两架水陆两用直升机不断在该区域巡逻。

"好的。"汉克点点头，"那你呢，机长？"

汤姆说他将和克莱斯比博士立即乘海洋猎犬飞回企业集团，设计污染净化装置。

汤姆补充说："我突然想到，我应该用无线电通知霍普金

斯上将派些海军工程师过来,他们可以为我们提供很宝贵的工作帮助。"

他到达肖普顿的时候,海军工程师已经到达。年轻的发明家和克莱斯比博士与他们进行了秘密商议,会议一直持续到晚上八点。

直到半夜,制作出的设计似乎才解决了这一问题。

绘图员、机械师和生产员工过来帮忙将设计图变成具体的基本零件。他们工作了一整晚,直到第二天中午,安装好了设备。下一步就是操作测试。

"我们将使用水下测验贮水池。"汤姆告诉工程师。这个巨大的混凝土水池位于企业集团的基岩里。

新的设备已经安装好并且用钩子钩住。然后汤姆拧开阀门,水从一个10厘米的喷嘴涌进来。

厚钢门关上,水池封闭。气压逐渐上升至与3千米水深的氦气区域一样的压力。

"现在加入化学药品。"汤姆小声说。

克莱斯比博士将几种有毒溶液混合一起,一起倒入池中;同时,汤姆和工程师们研究着计量器。测试结束,所有人都欢腾起来。

"非常成功!"一名海军专家布雷顿将军说,"汤姆,有了这个装置,空气圆顶里的空气就会一直安全了。"

为了确保万无一失,克莱斯比博士用最后的水样本进行了一系列的化学测验。

"一点杂质都没有！"他大声说。

"十分感谢你们的帮助。"汤姆对海军工程师说，"如果可以的话，我希望你们都可以来检查我们的操作。"

他们高兴地接受了邀请。不到两个小时，他们就朝着水下氦气区域飞去。当他们接近该区域时，克莱斯比博士观察道："看上去汉克真的取得了进展。"

"他是一个做实事的人。"汤姆同意。过去不止一次，在他自己的生涯和斯威夫特家的成功勘察中，这个总工程师都起到了至关重要的作用。

方圆一英里的海面上，到处都是人、水陆两用直升机和盘旋的飞行器。两艘海军供给船、一艘斯威夫特油轮和一艘由矿务局操作的拖船也到了现场。

"我们到下面去看看。"汤姆向客人发出了邀请。

他乘海洋猎犬潜入了巨大的空气圆顶中，停在巨大的气泡里。水陆两用直升机停在空气圆顶上面的真空里，然后乘客们走进拉链入口。

氦气城已经成形，这时装配工人将起重机设置好。

"汤姆，这是我人生中最不平凡的一次经历！"一名海军成员说。

工作快速进行着。汤姆通过放射性同位素示踪器查看了洋流的具体方向。然后他们挑选了防污站地点，大概离氦气矿井

3千米远。他们还放入了斥力装置和空气圆顶。

净化设备被起重机一部分一部分地运了下来。不到一个小时,汤姆和海军工程师将其安装好并开始操作。

乔走过来为了他所谓的"调查",然后问:"它是怎样工作的?"

"相当简单。"汤姆解释道,"这根大管将一直为空气圆顶疏通渠道。一旦检测到一丝杂质,这个电子设备就会开始净化操作,周围数千米远的水都会受其影响。"

"尝一下我做的章鱼汤。"乔说,他睁大了眼睛,"这个东西有了水槽过滤器比直接一个窟窿好很多!"

工程师们大笑起来。

48小时后,氦气之城已经完全建好。在空气圆顶里,餐厅、公寓、实验室、贮气器和钻孔装置应有尽有。

汤姆和汉克·斯特林做了最后的检查。各种活动纷繁交错,机组人员围在钻孔装置旁,其他人有的控制阀门、有的站在中心供电控制仪旁边。他们将氦气注入巨大的存储槽内,之后再用瓶装。

"真是太成功了,机长!"汉克冷静地说。

"汉克,没有你的帮助是不可能完成的。"汤姆说。

夜幕降临,海底也变得很安静。除了几个看守人和仪表看管人,其他人都睡了。抬头望天,群星闪耀。

数周压力不断的紧张工作下,汤姆现在反而坐卧不安难以

第十九章 汤姆被绑架

入睡。他起床，出去散散步，突然他停住了。他发现了海洋猎犬里有微弱的灯光。

"那里不允许任何人进入的。"汤姆心想，决定去看看。

但是进去之后他发现没人。"或许是我看错了。"他想。

汤姆刚要离开时突然产生了想做实验的强烈念头。

他笑了笑，走进了实验室："这确实是一个放松的方法！"在荧光灯柔和的光下，他开始设计一台新斥力装置，这一次不是排斥水，而是金属，汤姆选择铝作为实验材料。

一个小时内，他都在工作台上缩成一团，摆弄着一堆电子零件和测量装置。工作终于完成了，通过晶体管及可置于手电筒的太阳能电池，他可以将这些装置缩得足够小以便放在手中。

汤姆用多个铝质磁盘测验了装置，发现装置十分完美。

"不枉我工作了一个晚上。"他打了一个哈欠，然后看了一眼手表，"哇！两点了！我最好回家睡一小觉。"

他将小型斥力装置和磁盘放入口袋里，就离开了实验室，进入了走廊。

使他惊讶的是，气闸室的门开着。

两个拿着自动手枪的陌生人走了进来，一个留着短黑胡子，另一个留着壮实的光头。

"很惊讶吗，朋友？"留着胡子的男人问，他的外国腔很重。

汤姆沮丧地呆住了，这些一定是神秘的敌人！他缓过神来问道："你们是谁，怎么进来的？"

"我们也有些高超的仪器，包括抗声呐仪器和一些水下服装，就能从潜水艇来到这里，仪器放在气闸室里了。"胡子男人草率地挥动着他的手枪，"现在，自己走进控制室里，汤姆·斯威夫特，把手举起来！"

汤姆照着做，他们到控制室后，神秘人用混浊的声音命令着，光头男人似乎完全能听懂，马上就走到了控制平台。

水陆两用直升机从海底上升后转子的嗡嗡声渐渐改变着，然后他轻轻推了油门，直升机划过墨水般的海水。

汤姆的头脑一片混乱，外面发生了什么？会有人过来救他吗？

"我知道你在想什么，我的朋友。"黑胡子外国人傻笑，"现在我们的人已经将氦气之城包围，多亏了你独创的发明，我们可以坐收渔翁之利了！"

汤姆努力不显露内心的愤怒。他一直奋斗努力得到的氦气——现在变成了敌人的战利品！

"我亲爱的汤姆·斯威夫特。"敌人继续说道，"你将会变成我们的人质，令你们的船员乖乖投降，不然你就会被杀掉！"

黑胡子男人将头转过去，阴森地咯咯笑着。

"除非，你同意跟我们做笔交易。"他继续说道。

"说吧，什么条件。"汤姆说。

"很简单，让你父亲交出完整计划和所有斯威夫特家的发明。"

第二十章　暗　器

汤姆用力握紧拳头，指甲戳进了肉里，这些流氓给了他一次保命的机会！但是他要付出昂贵的代价！很多斯威夫特家的发明只能由政府所用。

"你想让我接受这样的交易？"汤姆声音都快窒息了。

"为什么不呢？"抓他的人讨好地笑着说，"总比死了要好，尤其是你还年轻，我向你保证，你死的方式将会是最痛苦的一种！"

透过海洋猎犬船舱里昏暗的灯光，他狡黠地冲着他笑，汤姆恨不得将这张斜眼大黑胡子的脸撕烂。

汤姆克制住自己，问："我要是接受了你开的条件，那又怎样？你真的会放我走吗？"

奸细又咯咯地笑："唉，我们可不会这么好心肠，像你这样聪明的头脑对我们来说可是太珍贵了，当然你也可以活下来，但是你必须继续当囚徒，继续在这里创造新发明——为我们的事业。"

"我会考虑的。"汤姆低声说,争取时间拖延。

"我建议你这么做,朋友——非常认真地建议!"

汤姆的脸伪装着:"还有,在他们下车前我可以把手放下吗?"

"当然可以,但是别耍花招,这么近的距离,自动手枪一旦发射,你将会死得很惨!到时候后悔可来不及!"

汤姆放松酸痛的手和肩膀,他的大脑高速运转着,一边想着怎样逃离这个困境。

水陆两用直升机在漆黑的海水里倾斜上升时,汤姆加入了他们的对话,他淡定地假装对他们用于实施计谋的海底仪器产生好奇。

光头男人十分寡言,偶尔发表一些嘟嘟囔囔的评论,但是他的大黑胡子同伴特别多话。

他说:"我自我介绍一下,我叫门纳斯基。"

"我之前听说过你。"汤姆严肃地说。

"哈,是的。"胡子男人龇着牙傻笑,"当然,我对于你们蠢透的调查局当然很有名了,这个光头是我的副指挥官,克劳斯·斯特考。"

"我就把这当作你的自荐,不介意我说句很高兴认识你。"汤姆厉声说道。

"哈哈!好,很好!"门纳斯基狂笑,"我很高兴看到你还有幽默细胞!"

斯特考暂时关掉了海洋猎犬开关让它休息会儿，汤姆可以看到鲸鱼形状潜水艇可怕的轮廓，在海水中轻轻地漂过来。

"我们现在要转移到我们自己的旗舰上了。"门纳斯基说，"再一次警告你，汤姆·斯威夫特——别耍花招！"

斯特考先走，他拿出了两件体积庞大的制服，看上去是由质材硬但又柔软的金属网布制成——或许像宇航服一样是为了充气和抗压——能够充分自由活动。

斯特考打开鲸鱼状潜水艇的舱门，在前领路，汤姆其次，他们进入了潜望塔然后沿着钢制台阶爬上去，另一个惊奇的发现还等着汤姆，船上根本没有一名船员！

"你很惊讶，是吗？"门纳斯基咯咯地笑，"我们的自动导航装置十分尖端，我们当然也有船员，但是就像我告诉你的，他们现在都忙着接管你的氦气之城呢！"

汤姆看着叠放整齐的床铺、导弹发射管、一系列操纵盘、标准量规和原子反应堆隔离出的屋子，很显然这艘潜水艇是一个高人设计的！

门纳斯基看着汤姆的反应心里沾沾自喜。"看你这么机智，你可能想看一下我们的实验室和科技设备吧。"他主动说。

"我想，非常乐意。"汤姆十分真诚地说。

门纳斯基在前面领路，他打开了一扇铁门，斯特考紧随其后。汤姆一踏进实验室，他羡慕地睁大眼睛。

第二十章 暗器

除了自己的飞行实验室中有这样的设备外,很少有其他的船里会有这么齐全的科学研究设备。

汤姆感叹道:"太不可思议了!"

"你喜欢?"门纳斯基回复道,"嗯,你也可以在这里工作,朋友,如果你愿意加入我们。"

他对汤姆的反应十分满意,于是便开始给他介绍其他的仪器。斯特考很显然对这些设备也十分骄傲。有很多次,当门纳斯基不知道怎么评价设备性能时,他都用混浊的声音来补充。

汤姆假装完全陷入他们所说的,与此同时他的大脑高速运转,两人都把武器挂在枪架上,显然认为汤姆·斯威夫特稳稳当当得是他们的囚徒。

突然汤姆的脑中闪现出一个惊人的主意——他有自己的秘密武器。因为被捕一时慌乱,差点就给忘了!

"现在我给你们演示我一直在研究的一个生物学实验。"门纳斯基还在说,"看这些奇形怪状的网,它们是蜘蛛被注射药物后编织的——一会儿我要用在人的身上。"

汤姆巧妙地站在了他们两个人的中间。他们靠在工作台上时,汤姆从裤子的口袋里拿出铝磁盘,然后偷偷分别放入了站在两边的两个人的口袋里,然后轻轻按下微型斥力装置按钮。

突然,汤姆快速冲向门!

"站住!"门纳斯基尖叫。

他试图从架子上拿出手枪,斯特考努力扑向这名年轻的发明家，令他们沮丧的是，两人一动不得动！他们疯了似的往前冲，但发现自己就像被无形的玻璃墙阻挡了一般不得动弹！

"你对我们做了什么？"门纳斯基尖叫道，他的光头同事用浑浊的声音开始咒骂。

"一个间谍没能告诉你们的秘密武器。"汤姆在走廊上嘲弄道。

"他们死定了！"门纳斯基咆哮着，脸气得发紫。

"那就要A的法官和评审团说了算！"汤姆沉着地反驳道。

汤姆快速走进了走廊里，关上防水门，用它的钢索钩将门闩紧，死死将两人锁在里面。

汤姆毫不费力地抓起机舱里的锤子，一锤砸在控制板上，砸得它无法修补，然后就快速跑向梯子，坐上海洋猎犬逃跑了。

过了一会儿，他将无线电预热了一番，通过斯威夫特私人波长和肖普顿取得紧急联系。

迪林的助手对这一消息大吃一惊："收到！我马上就去叫人救援，并立即通知霍普金斯上将。"

不到半个小时，政府飞船到了，他和海军军官进入"疯子"莫比。

汤姆的囚徒试图用自动手枪反抗，但是汤姆用铝制斥力装置很快将他们制服。他们被铐上了手铐，然后被命令招供。

第二十章　暗器

一开始他们拒绝，但听到卡莱瓦拉已被抓入监狱，并且鲍鲁斯·怀特也即将被捕后，斯特考也愿意招供了。门纳斯基试图阻止他，但他的追随者希望能够从轻判刑，便如实招供了。

他们国家在大西洋沿岸私藏了核弹头和炸弹来供他们的潜水艇使用。"我们一次不能从国家运太多以免我们的袭击计划暴露。"斯特考说。

囚犯们被飞船带走，汤姆乘坐飞机去往氦气领域。在月光的照耀下，他可以看到海底有一群船只和水陆两用直升机在命令空气圆顶员工。海底笼罩着一种严肃的寂静——事实证明一切都被暗中袭击所捕获，五六个装载袭击者的鲸鱼状潜水艇停在旁边。

"真希望我能够下去那里，将所有的小偷都抓住！"汤姆想，但是知道他不能赤手搏打，便继续往西开。

天亮了，他看到了一个敏捷的A国破坏者，一艘轻盈的巡航舰和一艘航空母舰全速到达现场。很快，喷气式飞机天鹰的一个小舰队在载体的甲板上起飞，汤姆尾随其后。

第一波飞机到达了捕获氦气船只所在的位置时，一个个跟踪者和火箭如冰雹般地袭击过来。庆幸的是，没有一个天鹰被击中。

海军飞行员低声咆哮，将警报炮火射向毫未设防的敌人，他们猝不及防地跑着找处躲！破坏者们意识到他们不可能抵御如此有震慑力的炮轰，很快通过无线电表示投降。

两艘有站岗船员的鲸鱼状潜水艇试图潜入水中逃跑,但是它们很快就被俯冲轰炸,指挥塔也被浪吹翻。他们不愿冒险被摧毁,也出来投降了。

汤姆现在着陆,手动使用第一台推举器将战斗机带到氦气之城。令他惊讶的是,破坏者看到差距悬殊,很快就投降了。他们被带到水面上,全被关到了海军船里的禁闭室里。

一切结束后,汤姆跑去救被锁在宿舍的巴德和其他人。

"天啊,我能再见到你真是太好了!"巴德熊抱了他的朋友,"我以为我们不会再冒险了呢。"

"我们怎么会。"汤姆笑着对巴德说。

他说中了,没过多久,汤姆和巴德就又卷进了一次更为激动人心的冒险中——《汤姆·斯威夫特和登月竞赛》。

霍普金斯上将这时也赶到了,他拍了拍汤姆的背:"做得好,汤姆,我们国家应好好感谢你,回到祖国你将会成为人民英雄!"

汤姆向来不喜欢受人瞩目,他叹了口气,然后转向乔:"借给我你的宽边高呢帽和一件你的花哨牛仔衬衫,可以吗?"

"要做什么用,老板?"

"我要假装成一个赶海路过的牧人!"